T0113022

Hacerse el muerto

VOCES / LITERATURA

COLECCIÓN VOCES / LITERATURA 252

Nuestro fondo editorial en www.paginasdeespuma.com

Andrés Neuman, *Hacerse el muerto*
Primera edición: octubre de 2011
Cuarta edición: mayo de 2024

ISBN: 978-84-8393-229-2
Depósito legal: M-875-2018
IBIC: FYB

© Andrés Neuman, 2018
© De la ilustración de cubierta: Eva Vázquez, 2018
© De esta portada, maqueta y edición: Editorial Páginas de Espuma, S. L., 2018

Editorial Páginas de Espuma
Madera 3, 1.º izquierda
28004 Madrid

Teléfono: 91 522 72 51
Correo electrónico: info@paginasdeespuma.com

Impresión: Cofás
Impreso en España. Printed in Spain

Andrés Neuman

Hacerse el muerto

PÁGINAS DE ESPUMA

ÍNDICE

BÉSAME, PLATÓN

MONÓLOGOS Y MONSTRUOS

BREVE ALEGATO CONTRA EL NATURALISMO

APÉNDICE PARA CURIOSOS

HACERSE EL MUERTO

EL FUSILADO

CUANDO MOYANO, con las manos atadas y la nariz fría, escuchó el grito de «Preparen», recordó de repente que su abuelo español le había contado que en su país solían decir «Carguen». Y, mientras recordaba a su difunto abuelo, le pareció irreal que las pesadillas se cumplieran. Eso pensó Moyano: que solía invocarse, quizá cobardemente, el supuesto peligro de realizar nuestros deseos, y solía omitirse la posibilidad siniestra de consumar nuestros temores. No lo pensó en forma sintáctica, palabra por palabra, pero sí recibió el fulgor ácido de su conclusión: lo iban a fusilar y nada le resultaba más inverosímil, pese a que, en sus circunstancias, le hubiera debido parecer lo más lógico del mundo. ¿Era lógico escuchar «Apunten»? Para cualquier persona, al menos para cualquier persona decente, esa orden jamás llegaría a sonar racional, por más que el pelotón entero estuviese formado con los fusiles perpendiculares al tronco, como ramas de un mismo árbol, y por más que a lo largo de su cautiverio el general lo hubiese amenazado con que le pasaría exactamente lo que le estaba pasando. Moyano se avergonzó de la poca sinceridad de este razonamiento, y de la impostura de apelar a la decencia. ¿Quién a punto de ser acribillado podía preocuparse por semejante cosa?, ¿no era la supervivencia el único valor humano, o quizá menos que humano, que ahora le importaba en realidad?, ¿estaba tratando de mentirse?, ¿de morir con alguna sensación de gloria?, ¿de distinguirse moralmente de sus verdugos como una patética forma de salvación en la que él nunca había creído? No pensaba todo esto Moyano, pero lo intuía, lo entendía, asentía mentalmente como ante un dictado ajeno. El general aulló «¡Fuego!», él cerró los ojos, los apretó tan fuerte que le dolieron, buscó esconderse de todo, de sí mismo también, por detrás de los párpados, le pareció que era innoble morir así, con los ojos cerrados, que su mirada final merecía ser al menos vengativa, quiso abrirlos, no lo hizo, se quedó inmóvil, pensó en gritar algo, en insultar a alguien, buscó un par de palabras hirientes y oportunas, no le salieron. Qué muerte más torpe, pensó, y de inmediato: ¿Nos habrán engañado?, ¿no morirá así todo el mundo, como puede? Lo siguiente, lo último que escuchó Moyano, fue un estruendo de gatillos, mucho menos molesto, más armónico incluso, de lo que siempre había imaginado.

Eso debió ser lo último, pero escuchó algo más. Para su asombro, para su confusión, las cosas siguieron sonando. Con los ojos todavía cerrados, pegados al pánico, escuchó al general pronunciando en voz bien alta «¡Maricón, llorá, maricón!», al pelotón retorciéndose de risa, oyó el canto de los pájaros, olió temblando el aire delicioso de la mañana, saboreó la saliva seca entre los labios. «¡Llorá, maricón, llorá!», le seguía gritando el general cuando Moyano abrió los ojos, mientras el pelotón se dispersaba dándole la espalda, comentando la broma, dejándolo ahí tirado, arrodillado entre el barro, jadeando, todo muerto.

Estar descalzo

Cuando supe que sería mortal como mi padre, como aquellos zapatos negros en una bolsa de plástico, como el balde con agua donde entraba y salía la fregona que restregaba el pasillo del hospital, yo tenía veinte años. Era joven, viejísimo. Por primera vez supe, mientras las estelas de claridad iban borrándose del suelo, que la salud es una película muy fina, un hilo que se evapora con el pasar de los pasos. Ninguno de esos pasos era de mi padre.

Mi padre siempre había caminado de manera extraña. Veloz y al mismo tiempo torpe. Cuando iniciaba sus caminatas, uno nunca sabía si iba a tropezarse o echar a correr. A mí me gustaban esos andares. Sus pies planos y duros se parecían al suelo que pisaba, al suelo del que huía.

Los pies planos de mi padre ya eran cuatro, se habían repartido en dos lugares distintos: en la camilla (unidos por los talones, ligeramente abiertos, evocando una irónica V de victoria) y dentro de aquella bolsa de plástico (a modo de recuerdo en los zapatos, imponiendo su molde al cuero). La enfermera me la entregó como se entregan unos desperdicios. Yo miré las baldosas, su tablero cambiante.

Me quedé sentado ahí, frente a las puertas del quirófano, esperando noticias o temiendo las noticias, hasta que saqué los zapatos de mi padre. Me levanté y los puse en el centro del pasillo, como un obstáculo o una frontera o un accidente geográfico. Los posé cuidadosamente, procurando no alterar sus bultos originales, la protuberancia de los huesos, su forma ausente.

Al rato la enfermera apareció a lo lejos. Atravesó el pasillo, eludió los zapatos y siguió de largo. El suelo resplandecía. De pronto la limpieza me dio miedo. Me pareció una enfermedad, una impecable bacteria. Me agaché y avancé a gatas, sintiendo el roce, el daño en las rodillas. Volví a guardar los zapatos en la bolsa. Apreté el nudo lo más fuerte que pude.

De tarde en tarde, en casa, me pruebo esos zapatos. Cada vez me quedan mejor.

Hacerse el muerto

¿POR QUÉ ME GUSTA hacerme el muerto? ¿Se trata de una costumbre sádica, como lamentan los amigos o cónyuges más sensibles? ¿Por qué me fascina desde niño, y seguimos siendo niños, quedarme indefinidamente inmóvil, como una momia de mi propio futuro? ¿De dónde sale el agrio placer de asistir al cadáver que todavía no soy?

La explicación podría ser sencilla, y por tanto misteriosa.

Al ver el mundo mientras no miro nada, al seguir pensando sin proponerme pensar, al notar en mí, con poderosa certeza, la selva de las arterias y la montaña rusa de los nervios, no solo confirmo que sigo vivo, sino algo incluso más impresionante. Experimento la única, pequeña, posible forma de trascendencia. Sobrevivo a mí mismo. Me deshago de la muerte jugando.

Entra en casa mi hijo. Volveré a respirar.

UN SUICIDA RISUEÑO

OCURRE SIEMPRE IGUAL. Cargo el arma. La alzo. La contemplo un momento de frente, como si tuviera algo que decirme. La dirijo a mi sien izquierda (soy zurdo, ¿por?). Respiro hondo. Aprieto los párpados. Arrugo el gesto. Acaricio el gatillo. Me noto húmedo el dedo índice. Descargo la fuerza poco a poco, muy cautelosamente, como si dentro de mí hubiese un escape de gas. Junto los dientes. Casi. El dedo se me dobla. Ya. Y entonces, lo de siempre: un ataque de risa. Una risa instantánea, brutal y sin razones que estremece mis músculos, me hace soltar el arma, me derriba del asiento, me impide disparar.

No sé de qué demonios se reirá mi boca. Es algo inexplicable. Por muy apesadumbrado que me encuentre, por muy lamentable que parezca el día, por convencido que esté de que el mundo sería más agradable sin mi molesta presencia, hay algo en la situación, en el tacto metálico del mango, en la solemnidad del silencio, en mi sudor cayendo en forma de grageas, yo qué sé, hay alguna cosa indefinida que, a mi pesar, me resulta espantosamente cómica. Un milímetro antes de que el gatillo ceda, de que la bala viaje a la semilla del descanso, mis carcajadas invaden la habitación, rebotan contra los cristales, corretean entre los muebles, desordenan toda la casa. Me temo que también las escuchan mis vecinos, que para colmo deducen que soy un hombre feliz.

Dedícate al humor, me sugirió un amigo cuando le conté mi tragedia. Pero a mí las bromas, excepto al suicidarme, no me hacen ninguna gracia.

Este problema mío, el de la risa, va a acabar con mi paciencia. Me avergüenza la euforia ridícula que me recorre el estómago mientras el arma cae al suelo. Cada vez que este contratiempo se repite, y aunque siempre he sido un hombre de palabra, me concedo una pequeña prórroga. Una semana. Dos. Un mes, exagerando mucho. Y mientras tanto, claro, procuro divertirme.

Después de Elena

Después de la muerte de Elena, decidí perdonar a todos mis enemigos.

Nos tranquiliza creer que las grandes decisiones se toman poco a poco, se gestan con el tiempo. Pero el tiempo no gesta nada. Solo erosiona, resta, rompe.

Cambié de orden los muebles. Desalojé sus cosas. Limpié a fondo su estudio. Una semana más tarde, doné toda su ropa a un hospicio. Ni siquiera sentí el consuelo de la beneficencia: lo había hecho por mí.

Siempre había imaginado que perder a la persona amada se parecería a abrir un hueco infinito, a inaugurar una carencia permanente. Cuando perdí a Elena, sucedió todo lo contrario. Me sentí clausurado por dentro. Sin objetivos, sin deseos, sin temores. Como si cada día fuese la prórroga de algo que en realidad había concluido.

Seguí yendo a la facultad, no tanto por aferrarme a mi rutina o mi salario. Con los estúpidos ahorros que habíamos reunido para quién sabe cuándo, más el dinero de la póliza, podría haberme permitido una excedencia. Continué con las clases solo por comprobar si, con la joven evidencia de los nuevos estudiantes, lograba convencerme de que el tiempo seguía transcurriendo, de que el futuro existía.

Una tarde cualquiera, mientras repasaba mi lista de teléfonos en busca de algún nombre agradable, me propuse dos cosas simultáneas: volver a fumar y anunciar a mis enemigos que los perdonaba. Lo primero era un intento de demostrarme que, aunque Elena ya no estuviese, yo seguía respirando. De llamarme a mí mismo la atención sobre el hecho de que sobrevivía a cada cigarrillo. Lo segundo no lo planeé. No hubo bondad. Lo percibí como algo inevitable, consumado de antemano. Simplemente vi en mi agenda los nombres de Melchor, Ariel, Rubén, Nora. Al principio traté de evitar la idea. Pero con cada fósforo que encendía (siempre he preferido la lentitud de los fósforos a la inmediatez de los encendedores), yo pensaba: Melchor, Ariel, Rubén, Nora.

Melchor me odiaba porque nos parecíamos. Dos personas con ambiciones semejantes se recuerdan continuamente sus propias mezquindades. Yo lo odié desde el principio. Aunque también lo admiré, cosa que dudo que él hiciera. No porque Melchor fuese peor que yo, sino por vanidad mía: lo que admiraba en él era todo eso que, de alguna forma, me enorgullecía de mí mismo. Y me disgustaba que Melchor no lo reconociese también en mi persona. Durante algún tiempo me engañé considerándome más noble que él. Con el paso de los cursos y las reuniones de departamento, acabé comprendiendo que esa admiración no correspondida se basaba en una brutal coherencia por parte de Melchor. Para él, si éramos enemigos, eso éramos.

Lo más miserable de él era su pose desinteresada. Se me hacía insoportable esa manera de codiciarlo todo con cara de humildad. Semejante impostura, que para mí era tan ostensible como un paraguas bajo el sol, le reportó numerosas adhesiones. Melchor tenía a más de medio departamento de su lado, y sus acólitos repetían religiosamente la cantinela de que era un hombre recto, insobornable y ajeno al mercadeo de influencias en el que todos los demás caíamos. Esto, y no su reconocimiento académico, era lo que más me exasperaba. Durante los primeros tiempos hice algún que otro intento de acercamiento, no sé si por debilidad o por estrategia. Pero Melchor se mostró inflexible, me rechazó sin ningún tacto y me dejó dos cosas claras. Que jamás se rebajaría a la diplomacia conmigo. Y que en su fuero íntimo me temía tanto como yo a él.

En los últimos años apenas nos habíamos dirigido la palabra. Algún saludo aislado, de sardónica cortesía, en tal o cual conferencia. En esas oportunidades, en cuanto yo pasaba cerca, Melchor corría a rodearse de los suyos y se esforzaba por parecer indiferente. Mi táctica era distinta: me detenía a hablar con sus lacayos, me mostraba extremadamente cordial con ellos, y al continuar mi camino disfrutaba con la idea de haber sembrado ciertas dudas en su grupo.

Mi enemistad con Ariel era bien distinta. Quizá fuese más violenta. Aunque por eso mismo resultaba más inofensiva. Ariel era, digamos, un envidioso clásico. Y, como todos los envidiosos clásicos, su furia se volvía de manera irremediable contra sus propios intereses y le iba arrebatando la poca felicidad de la que disponía. Como él era capaz de provocarme cierta agresividad impropia de mi carácter, muchos supusieron que lo consideraba mi peor enemigo. Sin embargo yo detectaba algo purificador en mis arranques de ira contra Ariel, y bajo esa hostilidad creía percibir un pequeño, asombroso resquicio de piedad. Los seres torturados cuentan con esa ventaja: obtienen de nosotros, no sé si injustamente, mayor benevolencia que aquellos que mantienen intacta su capacidad de goce. El dolor gratuito de los demás nunca nos ofenderá tanto como su felicidad bien ganada.

Mientras Ariel estuvo por debajo en el escalafón académico, nos hizo la vida imposible a tres o cuatro compañeros. Cuando al fin obtuvo su plaza fija, pareció apaciguarse y entre nosotros se fraguó una de esas falsas camaraderías en las que yo tan bien he sabido desenvolverme. Por supuesto, jamás bajé la guardia. Continué vigilando sus movimientos, y procuré valerme de su presunta complicidad cada vez que hubo un conflicto en el departamento. Me consta que Ariel hizo lo mismo. Sé que fue él quien, hace años, se encargó de hacerle llegar a Elena el rumor de que yo me acostaba con una alumna. Como la comunicación con Elena (aquel tesoro nuestro) nos permitió aclararlo, nunca le hice saber a Ariel que había descubierto su maniobra. Dejé correr el asunto y me dediqué a contemplar con satisfacción y lástima cómo, siempre soltero, siempre falto de amor, él seguía consumiéndose de envidia. Cuando me telefoneó para darme el pésame, la última frase que Ariel pronunció se me quedó atravesada en la garganta: «No puedo ni imaginarme lo que debe de ser perder a una mujer como Elena». Sigo sin saber si fue un gesto de conmovedora franqueza, o el dardo más cruel que me haya lanzado.

¿Qué podría decir de mi enemistad con Rubén? Fue sin pasiones. Carente de exabruptos. Más que un acto bélico, odiarnos era una rutina. Hubo algo inexplicable y fascinante en el modo en que, desde el principio, ambos nos reconocimos tranquilamente como antagonistas. Elena insistió en presentarnos una mañana de invierno, con ese alegre entusiasmo suyo al que era imposible resistirse. Rubén y yo nos dimos la mano, nos miramos a los ojos y supimos que nunca seríamos amigos. Él jugó sus cartas, yo las mías. Él puso cara de asco, la misma con la que vive, y yo le sonreí con mi más ejemplar hipocresía.

Aunque desde ese día no dejamos de desearnos lo peor, creo justo añadir que ninguno de los dos movió un solo dedo en contra del otro. Éramos como dos equilibristas avanzando por cuerdas paralelas: se trataba de ver quién caía primero. Incluso, convocados por Elena, llegamos a comer juntos con cierta frecuencia. Rubén, por descontado, siempre quiso acostarse con ella, si es que no llegó a hacerlo. Por eso mismo, porque sé que él la deseaba tanto, estoy seguro de que, cuando vino a casa a darme el pésame, su tristeza era auténtica.

No podría dejar de incluir a Nora en mi lista de enemigos. Creo que, en la mayoría de los casos, he sido un hombre que se ha llevado bien con las mujeres. Es decir: que ha sabido escucharlas, disfrutar de su compañía por encima o además del sexo, e intuir qué clase de cosas hieren su dignidad. Esto último es, probablemente, lo único importante. Al menos eso me decía Elena, que siempre me consideró mejor de lo que soy en realidad. Pero con Nora ninguna de esas supuestas cualidades pareció servirme. Bastó con que, siendo estudiantes, yo cometiese la imprudencia de acostarme con ella durante una temporada, para tener que lidiar con su inteligente fantasma durante el resto de mi vida. Nora reaparecía una o dos veces al año, discreta en apariencia y secretamente resentida. Poniendo cara cómplice, me contaba que alguien había hablado mal de mí. Me recordaba, como al pasar, la traición de algún ex compañero. Mencionaba entre risas cualquier anécdota en la que yo hubiera tenido un comportamiento bochornoso. Lamentaba lo mucho que ella me había querido y lo poco que yo la había querido a ella. Me preguntaba por mi matrimonio. Y desaparecía por un tiempo. Yo me quedaba sumido en un difuso malestar. Cuando ya empezaba a disiparse, Nora me escribía de nuevo para informarme de alguna catástrofe íntima o ponerme al día sobre sus amantes. Recuerdo cómo a Elena, que rara vez detestaba seriamente a nadie, se le revolvía el estómago al saludarla. Decía que Nora rechinaba los dientes cuando sus mejillas se rozaban.

A estas alturas, se impone una pregunta lamentable: ¿por qué no rechacé entonces a Nora? ¿Por qué, en vez de mantener pasivamente nuestra remota amistad juvenil, no me atreví a expulsarla de mi vida? Las razones son varias, y ninguna de ellas me absuelve. En primer lugar, la culpa actuaba en mí como un sórdido freno. Alguna vez había lastimado a Nora. Esa certeza me pesaba. Con una mezcla de temor y vanidad, prefería no deteriorar más mi imagen ante una persona potencialmente vengativa como ella. Elena solía reprocharme mi excesiva compasión hacia Nora. En eso se equivocaba. La culpa es incapaz de compadecer: el culpable solo busca su propio alivio al atender al otro.

En segundo lugar, había algo desvalido en Nora que, de forma involuntaria y supongo que arrogante, me empujaba a asistirla. Por lo general, he intentado evitar el paternalismo. Elena jamás me lo consentía. Pero Nora, no sé cómo, lograba despertármelo. En último lugar, debo reconocer que, pese a todo, seguía deseando a Nora. Deseándola con una especie de rencor carnal. Su conducta me indignaba y su presencia me excitaba. Hay personas que tienen la virtud de volvernos más luminosos, como Elena. Y otras que poseen la molesta facultad de recordarnos lo oscuros que somos, como Nora. De algún modo, eso es un mérito.

El día de la decisión, no lo pensé dos veces. Y, mientras encendía un fósforo tras otro, fui telefoneando a Melchor, Ariel, Rubén, Nora.

Nada me pareció más lógico que su incredulidad inicial. Yo habría desconfiado incluso más de lo que ellos desconfiaron de mí. Quizá la pérdida de Elena contribuyó a que me creyesen. El recuerdo de la muerte nos hace conmovedoramente propensos al sí, y melancólicamente temerosos del no. Así que mis enemigos tuvieron pena de mí, por mucho que me odiaran. Eso quizá demuestra lo relativo que es el odio.

En cuanto oyó mi voz, Nora me preguntó si seguía solo. Tomé aire y le contesté que solo necesitaba hablar. Primero ella se puso a la defensiva, como temiendo algún reproche. Pero, cuando nos citamos en un café, no tardó más de dos horas en confesarme entre lágrimas lo que llevaba callando veinte años. Bastó que yo mencionara algunos de mis errores, que le hiciera ver que sabía que no había sido honesto con ella y le confesara cuánto me había hecho sufrir, para que Nora se volcase en un admirable, y a ratos salvaje, ejercicio de autocrítica. Ignoro cuál de los dos se sintió más sorprendido con la situación.

En vez de arriesgarnos a prolongar el encuentro, nos despedimos con cautela justo antes de la hora de cenar.

De mis otros tres enemigos, Ariel fue el más receptivo. Quizá porque todo envidioso clásico esconde a un admirador contrariado. Rubén, al principio, no se mostró demasiado comprensivo ni inclinado a las confidencias. Pero mis argumentos fueron tan ásperos y carentes de rodeos que no pudo evitar marcharse emocionado, por mucho que procurase ocultármelo hasta el sobrio abrazo de la despedida. La conversación con Melchor fue más tortuosa. Llegué a pensar que mis esfuerzos con él caerían en saco roto. Si tuviera que elegir unas pocas palabras de todas las que le dije en nuestro encuentro, quizá serían estas: «Te digo la verdad, precisamente porque a ti te he odiado más que a nadie». Melchor comprendió que semejante declaración de hostilidad solo podía provenir de una intención sincera.

A mis cuatro enemigos los empujé a admitir que me consideraban una persona detestable. Que me habían deseado lo peor en numerosas ocasiones. Que se habían alegrado de cada uno de mis fracasos. Pero, sobre todo, les hice ver que los comprendía muy bien, porque yo había sentido exactamente lo mismo con respecto a ellos. Que había llegado a soñar que sufrieran, perdieran sus trabajos o tuviesen algún tipo de accidente. Que había intentado excusarme de todo ello pretendiéndome moralmente superior, o movido por causas más decentes que las suyas. Y que no nos servía de nada negar esas cosas ni avergonzarnos de ellas, porque al fin y al cabo todos, ellos y yo, nosotros y nuestros peores enemigos, moriríamos pronto. Y que vivir odiando era mucho peor que morir queriendo.

Al final de mis charlas con Melchor, Ariel, Rubén y Nora no me sentí feliz (feliz no es la palabra después de Elena), pero sí más dueño de mi dolor. En las cuatro ocasiones, lloré en algún momento frente a mis enemigos. Y en cada una, excepto Melchor, ellos me acompañaron en el llanto. Como contrapartida, Melchor fue el primero en tomar la iniciativa conmigo. Una semana después de nuestro encuentro, se acercó a mi despacho para invitarme a almorzar.

¿Qué puede dañarnos más? Si no se está preparado para amar a los otros, ese amor mutilado, ese fracaso de nuestro bien, ¿nos consuela o nos tortura? No podría precisar cuánto tiempo pasó hasta que volví a sentirme mal, y decidí celebrar aquella reunión en casa.

Fue doloroso, y al mismo tiempo extrañamente tranquilizador, contemplar por primera vez a Melchor, Ariel, Rubén, Nora, por quienes tanto había sufrido en el pasado, reunidos en mi casa, sonrientes. En la misma casa donde yo había amado a Elena y le había hablado mal de ellos en tono confidente. Para facilitar la empatía entre mis cuatro invitados, me encargué de que hubiera música alegre y alcohol en abundancia. Todos llegaron más o menos puntuales (la última fue Nora) y los fui presentando con naturalidad. A excepción, claro está, de Melchor y Ariel, que ya se conocían de la facultad. Quizás aquella fuese la primera vez que se reunían de noche.

Superados los primeros gestos de incomodidad, debo decir que pronto la conversación se volvió amena y, por momentos, cómica. Con el paso de las horas, incluso nos permitimos bromear sobre nuestras antiguas disputas. Melchor estuvo ocurrente, insólitamente dicharachero. Tanto, que hasta diría que Ariel experimentó unos retorcidos celos y buscó mi aprobación con ansiedad. Rubén mantuvo su perfil contenido, sin por ello dejar de mostrarse simpático y cortés. Nora alternó fases de silencio pensativo con raptos de euforia expansiva. Durante uno de ellos, hizo amago de besarme. Sin necesidad de que yo me apartara, ella misma rectificó su movimiento y terminó posando sus labios en una de mis mejillas.

Cerca de la madrugada, con unas cuantas copas de más, reclamé la atención de mis cuatro invitados. Alcé un brazo y exclamé que brindaba por todos los que se conocían de verdad, es decir, sin inocencia. Melchor, Ariel, Rubén y Nora secundaron mi brindis entre aplausos. Seguimos descorchando botellas. Nora y Rubén se pusieron a bailar con las cinturas unidas. Me chocó observarlos. Ariel se sentó a mi lado para hablarme en voz baja de disputas académicas. Melchor se puso a curiosear entre mis libros y discos. Yo fumé hasta perforarme la garganta.

Un poco más tarde, no recuerdo a qué hora, anuncié que bajaba a la calle para comprar tabaco. Nora se acercó, me echó un brazo alrededor del cuello y, poniendo una de sus caras de pena, me pidió que le trajese otro paquete. Yo le dije que sí. Sonreí. Los miré a todos. Melchor, Ariel, Rubén, Nora. Después salí de la casa y cerré la puerta con llave.

UNA SILLA PARA ALGUIEN

Madre atrás

Entré en el hospital muerto de odio y con ganas de dar gracias. Qué frágil es la furia. Podríamos gritar, golpear o escupir a un extraño. Al mismo a quien, según su veredicto, si nos dice lo que ansiamos escuchar, de repente admiraríamos, abrazaríamos, juraríamos lealtad. Y sería un amor sincero.

Entré sin pensar nada, pensando en no pensar. Sabía que el presente de mi madre, mi futuro, dependía de un lanzamiento de moneda. Y que esa moneda no estaba en mis manos, quizá tampoco en las de nadie, ni siquiera en las del médico. Siempre he opinado que la ausencia de dios nos libera de un peso insoportable. Pero más de una vez, al entrar o salir de un hospital, he echado en falta la clemencia divina. Llenos de asientos, pasillos, jerarquías y ceremonias de espera, silenciosos en sus plantas superiores, los hospitales son lo más parecido a una catedral que podemos pisar los descreídos.

Entré intentando evitar estos razonamientos, porque temía acabar rezando como un cínico. Le di un brazo a mi madre, que tantas veces me había brindado el suyo cuando el mundo era enorme y mis piernas muy cortas. ¿Es posible encogerse de la noche a la mañana? ¿Puede el cuerpo de alguien convertirse en una esponja que, impregnada de temores, adquiere densidad y pierde volumen? Mi madre parecía más baja, más flaca y sin embargo más grávida que antes, como propensa al suelo. Su mano porosa se cerró sobre la mía. Imaginé a un niño en una bañera, desnudo, expectante, apretando una esponja. Y quise decirle algo a mi madre, y no supe hablar.

La proximidad de la muerte nos exprime de tal forma que seríamos capaces de olvidar nuestras convicciones, supurarlas igual que un líquido. ¿Es eso necesariamente una debilidad? Quizá sea una última fortaleza: llegar adonde nunca sospechamos que llegaríamos. La muerte multiplica la atención. Nos despierta dos veces. La primera noche que pasé con mi madre cuando la internaron, o cuando ella se internó en alguna zona de sí misma, confirmé una sospecha: ciertos amores no pueden retribuirse. Por mucho que un hijo recompense a sus padres, siempre habrá una deuda temblando de frío. He oído decir, yo mismo lo he repetido, que nadie pide nacer. Pero nacer por voluntad ajena nos compromete más: alguien nos ha hecho un regalo. Un regalo que, como es habitual, no habíamos pedido. La única manera coherente de rechazarlo sería suicidarse en el acto, sin la menor queja. Y nadie que acompañe a su madre renqueante, a su madre encogida a un hospital, pensaría en quitarse la vida. Lo que ella le ha regalado.

¿Qué mal tenía mi madre? Ya no importa. Eso es lo de menos. Queda fuera de foco. Era un mal que la hacía caminar como una niña, acercarse paso a paso a esa criatura torpe que había sido al principio del tiempo. Confundía el nombre y las funciones de sus dedos como en un juego indescifrable. Mezclaba las palabras. No podía avanzar recto. Se doblaba como un árbol que desconfía de sus ramas.

Entramos en el hospital, no terminábamos de entrar nunca, aquel umbral era un país, una frontera dentro de otra frontera, y entrábamos en el hospital, y alguien lanzó una moneda, y la moneda cayó. Es tan elemental que la razón se extravía. Un mal tiene sus fases, sus antecedentes, sus causas. La caída de una moneda, en cambio, no tiene historia ni matices. Es un acontecimiento que se agota en sí mismo, que se resuelve solo. La memoria es capaz de suspender la moneda, dilatar su ascenso, recrear sus diminutas vacilaciones durante la parábola. Pero esos ardides solo son posibles después de que haya caído. El movimiento original, el vuelo de la moneda, es de un presente absoluto. Y nadie, ahora lo sé, es capaz de especular mientras mira caer una moneda.

La esponja, dijo, la esponja un poco más arriba, dijo mi madre, sentada en la bañera de su habitación. Arriba, ahí, la esponja, me pidió, y a mí me impresionó el esfuerzo que había tenido que hacer para pronunciar una frase tan sencilla. Y yo le pasé la esponja por la espalda, hice círculos en los hombros, recorrí los omoplatos, descendí por la columna, y antes de terminar escribí en su piel mojada la frase que no había sabido decirle antes, cuando cruzamos juntos la frontera.

AMBIGÜEDAD DE LAS PARADOJAS

ENTERRAMOS A MI MADRE un sábado al mediodía. Hacía un sol espléndido.

Madre música

ACABO DE SOÑAR con mi madre. La escena (si los sueños son escenas y no su imposibilidad) sucedía en un auditorio de Granada. En el último lugar donde tocó el violín. Era el concierto número 3 de Mozart. Yo la escuchaba sentado entre el público. Mi madre iba vestida de calle. Con el pelo muy corto, sin teñir. Desafinaba a menudo. Cada vez que lo hacía, yo cerraba los ojos. Cuando volvía a abrirlos, ella me miraba fijamente desde el escenario y sonreía con placidez. Al despertar, por un instante, me ha parecido que mi madre estaba intentando enseñarme a disfrutar de los errores. El tiempo nos deja huérfanos. La música nos adopta.

Una carrera

Es un día de sol y mi madre ha vuelto. De no se sabe dónde, no se sabe cómo. Circula un aire de primavera adelantada. Ella tiene puesto un camisón, se diría que nuevo. Caminamos de la mano y conversamos. Su voz suena un tanto temblorosa, como si acabara de reponerse de un susto. Todo parece reflejado en un agua tranquila pero con rastros de ondas anteriores, de piedras que cayeron. Mi madre ha dejado de fumar y, según me explica, respira mucho mejor. Respira dejando que el viento entre y salga de ella. Respira tan bien, de pronto, que aceleramos el paso. Aceleramos riéndonos, hasta que se hace difícil seguir tomados de la mano. Estás ágil, le digo. Mi madre asiente, concentrada en su esfuerzo por correr cada vez más. Nos soltamos. A mí me alegra verla así de recuperada con su pelo ondulante, su camisón izado. Pero ella es demasiado rápida.

Una silla para alguien

Esta es tu silla, ¿ves?, sentate cuando quieras.

Le desplegué el respaldo, le revisé las ruedas y les pasé un trapito para que tus manos sigan blancas. Digo blancas, no inocentes, a vos y a mí la inocencia no nos interesa mucho. El color blanco sí porque viene del esfuerzo, hace falta cuidarlo.

Estuve preparándola, ¿sabés?, durante meses, años, no me acuerdo bien. Siempre me pasa lo mismo con esta silla, me concentro tanto en ella que el calendario se pone a rodar, y al final ya no sé hace cuánto te espero. Vení, voy a peinarte, voy a ordenarte el pelo con la paciencia de las grandes ocasiones, como si fueran las cuerdas de uno de esos instrumentos que tanto te entusiasman. Porque hoy, esta mañana o esta tarde, ¿qué hora será?, hoy mismo vamos a estrenar esta silla que no te ofende, como no pueden ofenderte la luz tibia, el perfume a café o esa brisa que va a deshacerte el peinado. Y así tiene que ser, ¿no te parece?, las cosas no se ordenan para que queden intactas, se acomodan para invitar al tiempo a que haga su trabajo.

Bueno, entonces estamos preparados, o casi. Estamos preparados, salvo por el detalle de la gorra. Esa gorrita verde, ¿te la dejamos o no? Hay que reconocer que te da un toque de humor, quizá te hace más joven. Aunque sé que también te quita perspectiva y te hace un balconcito de sombra. Mejor te la sacamos. También podés llevarla en el regazo, por si el sol se nos pone caprichoso.

El sol es caprichoso, me contestás, es su naturaleza. Detengo el impulso que ya estaba a punto de darle a tu silla. Tenés razón, mamá, mucha razón: es su naturaleza. Y que el sol sea imprevisible termina de darle su carácter de milagro. Muy bien, de acuerdo. Lo que no tengo claro es si eso quiere decir que te vas a poner la gorrita verde o no.

¿Nos queda alguna cosa más? A ver, repasemos. Cuando salimos juntos me distraigo fácilmente, podés tomártelo como un cumplido, mirá que sos coqueta. ¿Falta algo? ¿Tu pulsera de la suerte? ¿Tu chaleco liviano? ¿Tu pañuelo amarillo? Más abrigo no creo que necesitemos, acá el sol es caprichoso pero también fuerte. Te prometo una calle radiante. Te prometo que va a haber más pájaros que autos. Te prometo que vamos a reírnos. Y si después hay que llorar, lloraremos.

Qué delicia de aire, ¿lo notás?, imaginate entonces cómo va a acariciarnos cuando empecemos a movernos. Me gusta decirlo así, en plural, movernos, porque pienso que salir con la silla tiene esa ventaja, ¿no?, cada uno participa del cuerpo del otro, con un mismo empuje caminan dos. Hoy tus pies me parecen más lindos, se los ve con la curiosidad en los talones, impacientes dedo a dedo, esas sandalias no te las conocía.

Ahora, por favor, vamos soltando los frenos. Así, despacio. Uno, otro. Perfecto. Para ser la primera vez, parecés una experta. Avanzo, ya avanzamos. Esto es mucho mejor de lo que imaginaba. ¿Te gusta? ¿Te divierte? Juguemos a los barcos. Vos sos una vigía y yo soy un timonel. Allá voy, allá vamos. Ya te escucho cantar. Ya se inflan las velas. Qué rápido rodamos, esto hay que repetirlo. Allá van nuestras ruedas, que giren, que no frenen nunca más. ¿Vas bien? ¿Vas cómoda? Definitivamente, este paseo fue una gran idea. Silla veloz, silla de tiempo, silla vacía al aire. Silla colmada de alguien que se hubiera sentado.

SINOPSIS DEL HOGAR

Una rama más alta

EL PEQUEÑO ARÍSTIDES acaba de levantarse. Avanza por el pasillo. Las sombras de la casa le tienden emboscadas. Pero esta vez nada va a detenerlo. No esta noche. El pequeño Arístides tiene una misión. Hace unos instantes, boca arriba en su cama, con los ojos muy abiertos, ha oído ruidos sospechosos. Ruidos de pasos, de murmullos, de cajas. Resoplidos profundos, de camello.

Irrumpe en la sala con los pies descalzos y el pulso galopante. Ha entrado de golpe, sin pensarlo, para no arrepentirse a medio camino. Pero en la sala no hay nadie. Solo el árbol enredado entre lianas de luces. El árbol con las ramas ligeramente temblorosas, como si una ráfaga de viento acabara de sacudirlas. Al pie del tronco, frutos caídos, destellan los paquetes.

Antes de abalanzarse sobre ellos, el pequeño Arístides se detiene a medir su estatura frente al árbol navideño. Acerca la nariz a la punta de una rama, se toca la coronilla con la palma de una mano. El año anterior, por esas mismas fechas, su cabeza alcanzaba una rama más baja.

El pequeño Arístides se lanza al suelo y remueve paquetes. Hay varios con su nombre, pero él busca uno y solo ese. No le cuesta reconocerlo. Es un paquete grande y alargado. Respira hondo, mira hacia el pasillo. En las habitaciones del fondo tintinea el silencio. El pequeño Arístides desgarra ansiosamente el envoltorio, como un depredador que despelleja su presa. La caja le resulta más liviana de lo previsto. Enseguida comprueba que no se ha equivocado. Es eso, eso, eso.

Sostiene el enorme regalo que tanto había deseado. Lo eleva ante sus ojos. Es exacto, el mismo. Al fin lo tiene. El pequeño Arístides intenta que le venga alguna lágrima. Que se le erice la pelusa de la nuca. Que le entre un cosquilleo en el estómago. Que se le haga un nudo en la garganta, algo. Pero más bien le parece que no siente nada. Nada, salvo un cierto peso entre los brazos.

Piensa confusamente. Devuelve la caja al suelo. Trata de reconstruir el envoltorio. Y con el perfil iluminado, de rojo a verde, de verde a rojo, el pequeño Arístides obtiene la primera gran conclusión de su vida.

Cómo nadar con ella

¿QUIÉN SE ATREVE A NADAR hasta El Cerrito?, preguntó Anabela con cara de, no sé, de algo mojado y muy luminoso. Me imagino una galleta del tamaño del sol, una galleta enorme hundiéndose en el mar. Un poco de eso tenía cara Anabela cuando nos lo preguntó.

¿Nadie se atreve?, insistió ella, pero ya no puedo decir qué cara puso porque la vista se me fue más abajo. Su traje de baño era verde, verde como, no sé, ahora no se me ocurre ningún ejemplo. Era un verde clarito y los triángulos de arriba pinchaban un poco por el centro. Anabela siempre se reía de nosotros. Y tenía derecho, porque nos llevaba dos años o a lo mejor tres, era casi una mujer y nosotros, bueno, nosotros le mirábamos la parte de arriba del traje de baño. Valía la pena que ella se riese, porque sus hombros subían y bajaban y la tela verde clarita se le movía también por adentro.

Como nadie contestó, Anabela se cruzó de brazos. Y eso fue lo malo, porque ya no se vio nada y tuvimos que mirarnos entre nosotros y notar nuestras caras de miedo al mar y de rabia por no poder estar a la altura de Anabela. Una altura, no sé, de olas con mucho viento, como las que los chicos mayores recorrían con sus tablas, y entonces nos dábamos cuenta de que solamente uno de ellos podría hacer feliz a Anabela. Pero ella nunca les prestaba atención, y eso nos desconcertaba todavía más.

Cada tarde Anabela nadaba sola hasta El Cerrito, que era un peñón seco que quedaba a dos kilómetros al este. Ahí no se podía ir. O se podía, pero no nos dejaban, porque era peligroso y además decían que había cosas raras y hasta gente desnuda que tomaba el sol y de todo. Había que nadar fuerte y largo durante casi una hora para llegar al peñón, y nos asustaba un poco ver a Anabela sumergirse, ver su cabeza apareciendo y desapareciendo hasta que se volvía, no sé, una boya, un puntito, nada. Ella iba hasta ahí, tomaba un rato el sol, según dos de nosotros sin la parte de arriba del traje de baño, y según otros tres sin nada de nada, y al atardecer volvía en lancha, porque siempre había alguien que venía en lancha a la playa. Nosotros estábamos de acuerdo en que eso era lo peor de que se fuera sola. A la ida estábamos seguros de que no iba a pasarle nada, ella era mayor y rapidísima y nadaba perfecto y siempre sabía qué hacer. Además Anabela era increíble flotando, cuando se cansaba se ponía boca arriba, con las piernas y los brazos abiertos, y se quedaba así, casi dormida, el tiempo que quisiera, como un sirena o, no sé, un salvavidas verde, y solamente le asomaban la boca, la nariz, los dedos de los pies. Y las puntas de la parte de arriba del traje de baño. La vuelta desde el peñón ya era distinta, eso sí nos preocupaba, porque algún sinvergüenza, eso decía mi padre, algún sinvergüenza en lancha podía, no sé. Eso mi padre ya no lo decía.

Anabela se burló de nosotros y nos dio la espalda. En realidad yo creo que nos había preguntado por preguntar, ella sabía de sobra que ninguno iba a atreverse a nadar tan lejos. No sólo por El Cerrito, que daba miedo, sino por los castigos terribles que nuestros padres nos habían anunciado si se nos ocurría ir. ¿Y los padres de Anabela? ¿Ellos sí la dejaban? Es curioso, porque antes de esa tarde nunca lo había pensado. Había supuesto que sí, o no había supuesto nada. Anabela era alta, era rapidísima, ¿quién podía prohibirle algo a Anabela? Cuando otra tarde más la vi acercarse a la orilla, cuando la vi moverse de esa forma tan, no sé, sentí algo tremendo ahí, entre el estómago y el esternón. Hasta que de repente Anabela escuchó una voz, y yo escuché esa voz y descubrí que era la mía diciéndole: Te acompaño.

Era un calor ahí.

Anabela se volvió hacia nosotros sorprendida. Se encogió de hombros, la luz rebotó en ellos, no sé, como una pelota de playa, le rodó por los brazos y ella dijo simplemente: Bueno. Vamos.

Los demás me miraron, de eso sí estoy seguro, con más envidia que miedo, y hasta sospeché que alguno le iba a ir con el cuento a mi padre. ¿Estaba haciendo bien? Pero era demasiado tarde para dudar, porque el brazo tostado de Anabela ya tiraba de mi brazo, sus vellos amarillos me llevaban hasta el mar, y sus pies y los míos hacían crujir las piedritas de la orilla, eso estaba pasando ahora y era casi imposible de creer. Entonces sentí que había nacido y aprendido a nadar y veraneado en esa playa nada más que para eso, para ver ese momento, y no digo vivirlo porque ese momento no me estaba pasando a mí, le estaba pasando a otro. Yo me veía dando las primeras brazadas detrás de las patadas de Anabela, de los pies de Anabela que entraban y salían del agua. Mis amigos gritaban, daba igual.

No sé cuánto nadamos. El sol nos cegaba, ya no se oían voces de la costa, sólo escuchábamos olas y gaviotas, sentíamos una mezcla de frío y calor, la corriente tiraba de nosotros y yo era feliz. Al principio, los primeros minutos, me había dedicado a pensar qué iba decirle a Anabela, cómo debía comportarme cuando llegáramos al peñón. Pero después todo se fue mojando, como ablandando, no sé, mi cabeza también, y dejé de pensar y supe que era eso, que ya estábamos juntos, que estábamos nadando como si conversáramos. De vez en cuando ella volvía la cabeza hacia atrás para comprobar si la seguía, y yo trataba de mantener la cabeza bien alta y le sonreía tragando agua salada, para que Anabela viese que yo podía seguir su ritmo, aunque en realidad no podía. Sólo paramos a descansar dos veces, la segunda porque yo se lo pedí, y me dio un poco de vergüenza. Ella flotó y me enseñó a hacer el muerto, me explicó qué había que hacer exactamente con la barriga y los pulmones para ir suelto, así, como un colchón. A mí me pareció que yo flotaba mal, pero ella me felicitó y se rio como, no sé, y yo pensé en besarla y me reí también y tragué agua. Ahí decidí que, en vez de contarles a mis amigos cómo había ido todo, en vez de exagerar cada detalle, que era lo que al principio tenía pensado hacer, no iba a contarles nada. Ni una palabra. Sólo iba a quedarme callado, sonriente, ganador, con cara de entenderlo todo, como hacía Anabela, para dejar que ellos se imaginaran cualquier cosa.

No sé cuánto nadamos en total, pero El Cerrito estaba cerca o parecía cerca. Hacía rato que habíamos parado por segunda vez, me sentía agotado, Anabela estaba fresca. Yo ya no disfrutaba, ahora sólo tenía una misión, tenía que seguir, seguir, empujar con los brazos, la barriga, el cuello, todo. Por eso es tan difícil explicar qué pasó, todo fue muy rápido o muy invisible. Yo asomaba media cara cada dos brazadas, miraba de reojo el peñón y calculaba cuánto podía faltarnos, y para distraerme del cansancio me ponía a contar las patadas veloces de Anabela y los golpes de mi corazón. Fue por eso mismo, por estar escuchando los pies de Anabela, que me extrañó tanto parar un segundo, ver el peñón enfrente y no verla a ella. Simplemente ya no estaba. Como si no hubiera estado nunca. Giré varias veces braceando desesperado, sacudiendo la cabeza de un lado para otro. Me vi en mitad del mar, muy lejos de la costa, todavía lejos de El Cerrito, flotando en el silencio, sin rastros de Anabela. Y me sentí, no sé, dos veces asustado. No sólo porque ahora estaba solo. Sino porque entendí que había estado un buen rato contando mis propias patadas.

Grité unas cuantas veces, grité como quizás había gritado ella mientras yo no la escuchaba o la confundía con las gaviotas, no sé. Pero gritar también me agotaba, me hacía doler el cuerpo. Y me di cuenta de que, si quería tener la mínima posibilidad de llegar al peñón, no había más remedio que callarse, calmarse, enfriar el terror y seguir dando brazadas. Avanzar y dar brazadas, nada más. Esta vez no conté, no pensé, no sentí nada.

Nadé hasta perder la sensación del tiempo, como si fuera parte del mar.

Cuando alcancé el borde del peñón, las olas me arrastraron sin apenas resistencia. Mi cuerpo era una cosa y yo era otra, no sé. De ese momento recuerdo poco. Me sentía mareado, casi no veía, el aire me faltaba tanto que no me salía por la boca, solamente entraba. La sangre iba a estallarme, mis brazos y mis piernas parecían vacíos o, no sé, un colchón pinchado. Tirado entre las piedras, escuché unas voces que se acercaban, vi o me pareció ver a varios hombres desnudos a mi alrededor, de pronto tuve ganas de dormirme, alguien me tocó el pecho, el sueño me ganaba, el aire empezó a salirme por la boca, hice un esfuerzo, abrí los ojos y, ahora sí, pensé en Anabela, en que lo había logrado, en que por una vez había estado a su altura.

Rotación de la luz

El cenicero estaba lleno. Luis sostenía su gin-tonic como un cetro transparente. Los hielos de su vaso se habían derretido. El sol, bola de cera, estaba alto y vibraba. Entre carcajadas, Luis pidió otra ronda. Otra más no, por favor, le dije. Luis insistió ruidosamente. Yo me encogí de hombros. Encendí un cigarrillo, nos quedamos callados, y entonces escuché que nos llamaban.

Era una voz aguda que se iba volviendo más firme y definida conforme se acercaba. Una voz familiar. Los dos nos volvimos al mismo tiempo: recién salida del mar, Anita nos saludaba estirando un brazo. Ella aceleró el paso, o mejor dicho primero lo demoró, se llevó las manos al pelo, se lo echó hacia atrás y después vino a la carrera.

Besó a su padre en la mejilla sin afeitar. A mí me dijo «Hola» sonriéndome. No había visto a Anita desde el verano anterior. Llevaba el pelo más largo de lo que yo recordaba. Olía a sal, a ola, a chicle de menta. El sol le había encendido las mejillas y la punta de la nariz.

Vestía un bikini rojo de tirantes muy finos. Mientras Anita abrazaba por el cuello a su padre, me fijé en el vello rubio y espeso de sus brazos.

Hija, le dijo Luis, ¿no deberías tomar menos el sol? Ay, papá, si todavía estoy blanca, contestó ella extendiendo una pierna. ¡Pero si ya estás dorada, Anita!, protestó Luis. Anita se rio, le soltó el cuello y dijo mirándome de reojo: Entonces todavía me falta un poco. ¿Una coca-cola?, la invitó Luis. Gracias, papá, no puedo, se encogió de hombros ella, voy a salir dentro de un rato y tengo que pasar por casa para cambiarme. Qué lástima, suspiró Luis apurando su gin-tonic. Volviendo a reírse, Anita dijo con los brazos en jarra: Papi querido, ¡ni se le ocurra chantajearme! Luis me miró con asombro, recuperó el gesto risueño y contestó: Entonces dame otro beso. Anita se inclinó para dárselo.

Los tres improvisamos una charla ligera durante algunos minutos. Luis llevaba la iniciativa y parecía de buen humor. Prolongaba el momento, supuse, con la esperanza de que su hija finalmente se sentase con nosotros. Pero ella no se movió de su lugar. Continuó de pie junto a nuestra mesa, respondiéndonos con exquisita gracia y, al mismo tiempo, con una concisión que no dejaba de sugerir prisa, de trazar un límite.

Antes de despedirse, le pidió a Luis que no fumara tanto. Yo encendí otro cigarrillo. Ella nos lanzó un beso con ambas manos, se apartó de la sombrilla, salió al sol. Contemplé cómo se marchaba, su cabellera independiente, la oscilación de sus caderas medianas, el triángulo rojo del traje de baño alejándose. Luis se mordió el labio. Se hizo otro silencio. La luz rotó sobre la piel de Anita, y pareció que alguien dirigía un espejo hacia su espalda.

Sinopsis del hogar

Amo a mi hermana.
Mi hermana ama a mi padre.
Mi madre amó a mi padre.
Mi padre no ama a nadie.

JUAN, JOSÉ

1. JUAN

Escribo estas líneas para ordenar el tiempo. No hay nada más desordenado que dejar de escribir lo que sucede. Y las cosas en casa, últimamente, son un puro desorden.

Mi madre acaba de servirme el desayuno. Su sonrisa parece tan idéntica mañana tras mañana, que empiezo a sospechar que no percibe que los días pasan. ¿Vivirá instalada en un pasado continuo que ha desplazado al presente? Sería una forma ingeniosa de eludir el futuro, que en su caso no creo que le depare grandes promesas. Quiero mucho a mi madre.

Lo de mi padre es distinto. No porque yo no lo quiera, sino porque ninguno de los dos hemos logrado ponernos en el lugar del otro. Es paradójico: para afirmarlo he tenido que ponerme en su lugar. Precisamente por eso, insisto, me insisto, escribo estas líneas. Si no me cuento el asunto, no entiendo qué lugar ocupa nadie. El caso de mi padre es diferente porque trabaja y tiene, por así decirlo, su mundo fuera de nuestro mundo. Él habita la casa de manera más saludable porque no está realmente aquí: nos visita y desaparece. Cuando le quedan pocos minutos para marcharse, noto cómo se alegra. Le sobreviene un humor tan excelente que es una lástima, pareciera decirnos, que tenga que marcharse a la consulta. Pero así es la lealtad con los pacientes, etcétera. ¿Cuánto de esto nota mamá? Misterio. Ella sonríe y me prepara el desayuno.

¿Y yo? Hablo poco con mi padre, me callo demasiado con mi madre y me avergüenza comprobar cómo sigo eludiendo las tareas domésticas. Acabo de cumplir treinta y tres años y todavía vivo en la casa de mis padres. Formulado así, descriptivamente, ya suena a reproche.

¿Qué otras introspecciones podría hacer? Muchas, pero no ahora. Tengo que leer mis últimos informes, anotarlos y pasar todo a limpio antes de la sesión con José.

2. JOSÉ

Lunes 30 de abril. La situación a veces parece estancarse. No sé si interpretarlo como un fracaso o un pequeño logro. Trato de estimularme pensando que, sin mí, el paciente estaría peor. Este consuelo me dura poco. Lo que tardo en decirme que otros con más experiencia que yo habrían conseguido progresos quizá mayores.

Juan continúa empeñado en comportarse como si sus padres estuvieran vivos. Así de simple y así de aterrador. Para él siguen ahí, nada ha cambiado en su casa. De vez en cuando intento refutarle cuidadosamente esa impresión. Por lo general, me limito a escucharlo esperando alguna reacción por su parte. Cuando se contradice en este asunto, intento mirarlo expresivamente. Él interpreta que le doy la razón.

No hay muchos consejos para darle a alguien que se ha quedado huérfano. Pero uno de ellos es evidente, y se lo dejo caer de vez en cuando: hace tiempo que Juan debería haberse mudado. Abandonar ese lugar y lo que representa, su mobiliario de memoria. Como define Bachelard, hay lugares que son un tiempo. Eso le ocurre a Juan: no cambia de lugar y su tiempo no transcurre. Pese a la derivación patológica, me doy cuenta de que su conflicto no difiere esencialmente del paradigma habitual. Digamos que, ante un dolor normal, él ha reaccionado de forma anómala. O ni siquiera: ha reaccionado de forma clásica, pero extremando tanto todos los procesos que ha acabado enfermando.

Lo que más lamento es que Juan se encontraba ante la ocasión de resolver dos conflictos con un solo movimiento. Ya pasa de los treinta. Vive en la misma casa donde lo criaron sus padres. Y su sueldo bastaría para una persona sola. Vale decir que, si lograse dar el paso de mudarse, derrotaría juntos a sus dos mayores fantasmas: la emancipación y el duelo. Aferrándose a la casa familiar, Juan no solo se aferra a figuras ausentes sino a una identidad regresiva que funciona como un espacio, un hábitat. Y teme, si sale, quedar a la intemperie.

3. JUAN

Debo admitir que, por momentos, el cuadro clínico me desborda. En los años que llevo ejerciendo (no muchos, pero sí muy intensos) jamás me había visto implicado en una dinámica parecida. El paciente insiste en preguntar una y otra vez por mis propios parientes, en interrogarme acerca de sus edades, hábitos, estados de salud, vínculos familiares, etcétera. Durante las últimas sesiones, José indaga (yo lo dejo creer que indaga) en las vulnerabilidades de mis padres, obsesionado como se encuentra por la pérdida de los suyos. Es como si, transferencialmente, José necesitara repartir el peso de su orfandad con su interlocutor.

A través de esta extraña proyección, el paciente ha conseguido visualizar más claramente sus propios traumas y analizarlos con cierta imparcialidad. Gracias a la información indirecta que voy dándole acerca de sí mismo, él a su vez va respondiéndome con mayor lucidez. Ignoro hasta qué punto esta estrategia es admisible. Pero, desde que procedo así con él, los resultados mejoran.

Al enfocar presuntamente las sesiones a partir de mi circunstancia, y no de la suya, José se vuelve más colaborador, abandonando su actitud defensiva para incluso mostrarse autocrítico. Es obvio que esta autocrítica nace limitada, al apoyarse en un malentendido de base. Aunque en la praxis comunicativa los síntomas parezcan positivos, no dejo de plantearme si, en este intercambio de papeles, el paciente encuentra una vía catártica o un pretexto inteligente para delegar responsabilidades. Se supone que yo debería ser capaz de calibrar estas ambigüedades, pero ahí reconozco mis limitaciones. Metodológicamente, no es difícil jugar al juego de José. He aprendido a hacerlo: tomo nota mental de los comentarios del paciente, mientras le hablo en primera persona de los problemas que lo aquejan a él. Me pregunto en qué fase del juego podré invertir el tablero y mostrarle el auténtico estado de las piezas. Y sobre todo me pregunto si, justo antes de ese crucial momento de agnición, José me dará algún tipo de aviso.

Intercalo dos breves paréntesis de índole personal.

Uno: aunque sinceramente creo mantener la debida distancia a lo largo de las sesiones, no dejan de inquietarme los escorzos autobiográficos que últimamente me veo obligado a hacer. En especial, cuando el paciente me interroga sobre detalles concretos que desconozco en su caso y que, para mantener la ficción de verosimilitud, me fuerzan a responderle con la verdad (o con cierta versión de la verdad) sobre mí mismo. En la última sesión, por ejemplo, José se interesó por el trato que mi padre le había dispensado a mis mascotas. Como yo ignoraba ese pormenor de su infancia, tuve que contestarle recurriendo a mi propia memoria infantil. Fue apenas un detalle, pero me puso en guardia.

Dos: exponiéndole el caso a mi padre, él quizá podría orientarme desde su larga experiencia. Pero temo que, si lo dejase intervenir, su ayuda resultase contraproducente para mi autoestima. Desde siempre mi padre ha tendido a invadir mi territorio profesional, tanto como se evade de su territorio conyugal. Sé bien que esas intrusiones han sido consentidas y que, en última instancia, son culpa mía. Esa misma certeza me detiene. Por otra parte, si pese a todo decidiera hablar con mi padre sobre José, estaría incurriendo en una paradoja imperdonable: procurar que mi paciente se emancipe de la figura paterna, mientras yo mismo doy un paso atrás al respecto.

4. José

Lunes 14 de mayo. Las sesiones continúan discurriendo del siguiente modo. Juan se presenta en la consulta y, para ser capaz de nombrar su luto, o quizá para eludirlo, se comporta como si él fuese el terapeuta. Yo, a mi vez, trato de formularle todas las preguntas y observaciones que mi rol de simulado paciente me permite. Esta dinámica viene manteniéndose desde la última crisis aguda que sufrió el paciente. Si entonces accedí a este enroque simbólico –naturalmente sin llegar a revelarle nada de veras íntimo, y preservando en todo momento la reserva que dictan el oficio y el sentido común–, ello se debió a que el paciente no tardó en comenzar a hablar de sí mismo con una fluidez y una franqueza antes impensables. Aunque sigo albergando ciertos escrúpulos respecto a esta maniobra, repasando mis fichas advierto que, por comparación, las conclusiones de las sesiones con Juan no se diferencian tanto de las de otros pacientes que siguen la terapia ortodoxa. Según su evolución en las próximas semanas, consideraré la posibilidad de prolongar un poco más la excepcionalidad o, eventualmente, devolver las sesiones a su lugar y restituirle al paciente sus medicaciones previas (ver recetas17.doc).

El monotema de nuestro intercambio no presenta variaciones significativas. Cuando, en mi rol de supuesto paciente que experimenta la clásica curiosidad hacia su terapeuta, lo interrogo acerca de su propia vida personal, Juan se refiere a su rutina como dando por sentado que sus padres viven. Incluso me describe pequeños incidentes cotidianos con una vividez sobrecogedora. Haciendo abstracción de la patología, sus reflexiones sobre el matrimonio, la convivencia o la autocomplacencia de los hijos resultan de una profundidad –y una mordacidad– asombrosas. Pese a mis prevenciones, no puedo sino aprobar íntimamente muchos de esos comentarios.

Por poner un ejemplo, en la sesión de hoy me ha manifestado que la generación nacida en los 70 es huérfana por exceso. Es decir, una generación que se siente desprotegida por culpa de la protección enfermiza que sus padres le han dado. Juan es más o menos de mi generación, y yo también soy hijo único. Esta circunstancia contribuye a que a veces, fugazmente, me distraiga de su caso para remitirme a mi propia experiencia. Lo cual dificulta más el exigente equilibrio que nuestro juego de inversiones me obliga a mantener. Hago constar, a modo de llamada de atención, estas pequeñas interferencias en la comunicación con el paciente.

5. JUAN

José da por momentos muestras de empeorar, o al menos creo intuir en él síntomas de una inminente recaída. En las últimas sesiones, tan solo colabora cuando la alteración de nuestros roles se escenifica de manera muy rígida. Hasta hace poco, yo lograba trasladar el diálogo a una zona intermedia en la que, pese a las premisas del juego, me era posible moverme con relativa libertad e inducirlo a expresarse, siempre que nuestro reparto tácito (él ansía preguntar, a mí no me molesta responder) no fuese cuestionado explícitamente.

Ahora, sin embargo, la actuación se complica debido a que José apenas se permite digresiones personales, y tiende a resistirse cuando me salgo del guion y le formulo preguntas íntimas. De esta forma me veo limitado a proyectar sus propias inquietudes en mis cada vez más largos monólogos, debiendo conformarme con cazar al vuelo, y analizar rápidamente, sus escuetas apostillas. A través de mis respuestas, procuro insuflarle al paciente ciertas dosis de realidad, a sabiendas de la repercusión especular que mis palabras tienen en él. Lo incómodo, desde un punto de vista subjetivo, es que esta intensificación de la dinámica ha propiciado que el paciente se sienta con derecho a hacerme interrogatorios cada vez más impertinentes, dirigiéndose a mí cn un tono exasperante.

Llegados a este extremo, y releyendo los informes de las últimas sesiones, dudo de hasta qué punto he acertado al reforzar el juego de José. Para mayor confusión, dentro de su creciente mutismo, el paciente muestra una estabilidad de ánimo de la que antes carecía, y sus gestos (voz, ademanes, coordinación motora) se han serenado notablemente. He expuesto al principio, de acuerdo a la evolución del juego de roles, mi sospecha de que el paciente pueda haber empeorado. Sin embargo, desde una perspectiva estrictamente conductual, parece haber mejorado. Respecto a esta aparente contradicción, temo que mi escasa experiencia profesional esté jugándome una mala pasada, aun cuando percibo cómo dicho bagaje se enriquece con el experimento. Tengo la convicción de que, por la vía de esta praxis atrevida, alcanzaré antes el nivel de mi padre, igualando o superando su desempeño clínico. Por el momento continúo sin hablar con él de este caso. No sería recomendable. Esto es algo que debo resolver yo solo, yo solo.

6. José

Lunes 28 de mayo. Esperanzadoramente, Juan parece haber asumido mis frecuentes preguntas como un hecho consumado, y se doblega ante el deber de responderlas. Las confidencias ficticias que me veía obligado a hacerle se han reducido al mínimo, y predominan los momentos en los que me limito a escuchar y a ejercer mi verdadero rol un tanto paradójicamente. Es decir, pretendiendo que soy un paciente que prefiere escuchar las confidencias de su locuaz terapeuta.

No se me oculta que los progresos de Juan resultan más bien tortuosos, de una complejidad y sutileza que no dejan de sorprenderme. El paciente ya no solo finge que es él quien en teoría me trata a mí, sino que ahora simula consentir a regañadientes mis preguntas. Con regularidad, me comunica agresivamente su disgusto o expresa su malestar ante estos cuestionarios. En otras palabras, Juan parece en vías de superar una zona de su antiguo conflicto, pero a condición de inaugurar entre nosotros uno nuevo. El cual confío que sea provisional, una especie de dolor-andamio. Mientras tanto, el paciente habla menos de la presencia objetiva de sus padres en la casa y evoca más sus figuras en sí, centrándose en el significado emocional que han tenido para él. Son, como digo, síntomas positivos.

Lo único que enturbia un tanto este fundado optimismo es que, después de muchos meses, cedí a la tentación y telefoneé a mi padre para hablarle de Juan, sin duda el paciente más intrincado de cuantos he tenido ocasión de tratar. Quizá yo no estuviera buscando su parecer profesional tanto como su aprobación paterna. Es posible. La cuestión es que esta tarde, al salir de la consulta, he llamado a mi padre para hablarle del caso. Y –para mi decepción– él me ha desaconsejado enérgicamente continuar con el juego de inversiones, y ha opinado que convendría derivarlo con urgencia a otro colega.

Esto, aunque no debiera, me crea nuevas dudas respecto a mi actuación con Juan. No sé para qué le habré sacado el tema a mi padre, si ya conozco bien cómo terminan nuestras discusiones. Siempre tratando de quedar por encima de mí, él. Al regresar a casa, se lo he contado a mamá. Como de costumbre, ella no ha dicho nada.

BÉSAME, PLATÓN

LAS COSAS QUE NO HACEMOS

ME GUSTA QUE NO HAGAMOS las cosas que no hacemos. Me gustan nuestros planes al despertar, cuando
el día se sube a la cama como un gato de luz, y que no
realizamos porque nos levantamos tarde por haberlos
imaginado tanto. Me gusta la cosquilla que insinúan
en nuestros músculos los ejercicios que enumeramos
sin practicar, los gimnasios a los que nunca vamos, los
hábitos saludables que invocamos como si, deseándolos,
su resplandor nos alcanzase. Me gustan las guías de
viaje que hojeas con esa atención que tanto te admiro,
y cuyos monumentos, calles y museos no llegamos a
pisar, fascinados frente a un café con leche. Me gustan
los restaurantes a los que no acudimos, las luces de sus
velas, el sabor por venir de sus platos. Me gusta cómo
queda nuestra casa cuando la describimos con reformas,
sus sorprendentes muebles, su ausencia de paredes, sus
colores atrevidos. Me gustan las lenguas que quisiéra-
mos hablar y soñamos con aprender el año próximo,
mientras nos sonreímos bajo la ducha. Escucho de tus

labios esos dulces idiomas hipotéticos, sus palabras me llenan de razones. Me gustan todos los propósitos, declarados o secretos, que incumplimos juntos. Eso es lo que prefiero de compartir la vida. La maravilla abierta en otra parte. Las cosas que no hacemos.

Bésame, Platón

A mi mujer le hablan de Platón y se pone toda aristotélica. No sé por qué. En cuanto escucha una palabra sobre la reminiscencia, el mundo inteligible o la teoría de las formas, ella se ruboriza, se le nublan los ojos, deja escapar un gemido y se pone a imaginar espaldas anchas y nalgas musculosas. Yo intento, como es lógico, detenerla. Pero es inútil. Una furia empirista la posee por completo. Y lo único que le interesa es el paso de la potencia al acto.

Aunque pensar nunca sea intrascendente, me desconcierta semejante énfasis en la física, cuando lo que verdaderamente importa es la metafísica. Todas las noches es lo mismo. No falla. Yo digo, por ejemplo, «caverna». O «sol». O «riendas». Y ella, enseguida, loca. Desparramada en la cama. Enunciando ansiosamente postulados y aporías.

Yo, a mi edad, soy poco impresionable. Cosas peores he visto. Tampoco niego que el comportamiento de mi mujer tenga ciertas ventajas. Antes, en palabras un poco más modernas, a los dos nos costaba estar yectos. Desde que descubrí lo de Platón, mano de santo. Lo que pasa es que sus caballos se le desbocan a todas horas, en cualquier parte, esté como esté mi carruaje. Sospecho que mi mujer confunde el banquete con el apetito.

Mis amigos se ríen de nuestro problema, incluso nos felicitan. Yo, por método, dudo un poco de todo esto. Siempre he sido algo kantiano, y todavía pienso que hay cosas que no deberían hacerse.

Vidas instantáneas

CABALLERO educado, no gordo, busca mujer sencilla, preferentemente con clase, licenciada, segura de lo que quiere, pelirroja, ágil, experta en ajedrez, para primer contacto sin ningún compromiso.

MUJER harta de mentiras desea encontrar al fin el amor verdadero. Soy alegre, simpática, dulce, atractiva, generosa, leal, buena compañera, sin complicaciones, alta, buen cuerpo, 120 de pecho, todo natural, no te lo pierdas.

JOVEN delgado, casi tímido, sintiéndose solo, gustando de Internet y la videoconsola, busca chica para lo que sea.

CHICA tierna, comprensiva, abierta a todo, busca varón entre 37 y 39 años, madrugador, cinéfilo, sin ex celosas, amante del montañismo y la poesía petrarquista, Piscis o Géminis. Abstenerse bromistas, vagos e informales.

Señor de 62 años, formal, responsable, devoto, de buena posición y gustos sencillos, busca chicos muy guapos de 18-25 para relaciones esporádicas.

Juanma, 1.90 de estatura, atlético, ojos verdes, morenazo, nada de vello, busca chica de 21-31 para explorar a fondo nuestras almas en este mundo materialista.

Conchi, 56 años, divorciada, soñadora, rellenita, 1.60, rubia a su manera, creyendo en el amor pero faltándole.

Catedrático en edad experta, lector ávido, políglota, persevera con denuedo en eventual hallazgo de Afrodita, nínfula o similar con la que trascender la mera pernoctación. No tardes, nena.

Mujer casada, aburrida, con ganas de salir, busco compañero divertido, con buena planta, no demasiado alto, 45-55, para mi marido.

Javier, 58 años, viudo, en buena forma. Me siento solo y espero mujer entre 30 y 40, hogareña, obediente, limpia, hacendosa, fiel, a ser posible guapa, para darle todo el respeto que las mujeres merecen.

Carmiña, independiente, resuelta, con carácter, profesora de Historia y Geografía, ansía conocer señor maduro para querernos mucho de una buena vez.

Hombre futbolero, 41 años, peludo, fuertote, con sitio para encuentros, quiere contactar similar activo y muy dotado. Nada de tonterías.

MUJER soltera, emprendedora, futuro asegurado, sabiendo lo que quiere, busca machito maduro al que humillar con todo cariño. Si te gusto llama tú, cabrón.

ARGENTINO emigrado, locuaz, pintón, taxista provisional, con teoría política propia, desea interlocutora competente.

VICTORIA. Sana, alegre, roquera, ecologista. Busco chica para amistad y posible noviazgo. Abstenerse masculinas, bisexuales y estudiantes de Derecho.

PAREJA, ella 43, él 52. Buscamos hombre educado, abierto, imaginativo, seguro de sí mismo, preferentemente alto, para que mire.

CHICA normal desea conocer a alguien como ella, por favor.

JACINTO, cariñoso, divertido, lleno de curiosidad, 81 añitos, busca relación estable con mujer similar que tenga toda la vida por delante.

CONVERSACIÓN EN LOS URINARIOS

–SI VUELVES A MIRARME, te parto la cabeza.

–¿Perdone, caballero?

–Que si vuelves a mirarme mientras meo, no te vas a acordar ni de tu nombre.

–Perdone, pero creo que se confunde.

–Aquí el que se confunde eres tú, cretino. He visto cómo me mirabas de reojo. Y yo no soy de esos.

–Me da igual de cuáles seas.

–Ah, ¿ahora de pronto me tuteas? ¿Por qué?, ¿porque te gusta mirarme?

–Te tuteo porque eres un maleducado. Y para mirar, que lo sepas, no se pide permiso. Uno mira y ya está. Lo hacemos todos los días con las mujeres. Pero parece que algunos machitos se ponen nerviosos si alguien les hace lo mismo.

–¿Me estás llamando machito?

–Para nada, para nada. Hablaba en general.

–¿Me estás tomando el pelo?

—Si te estuviera haciendo algo en el pelo, entonces sí que me habrías partido la cabeza.

—Oye, ¿eres imbécil?

—Ahora sí que te estaba tomando el pelo. En fin, la cuestión es esa. Hay que aceptar que nos hagan lo mismo que hacemos nosotros.

—No, la cuestión no es esa. La cuestión es que tú me has mirado. Y perdona que te lo diga, me has mirado sexualmente. Fue solamente un segundo. De reojo. Pero ahora no puedes fingir que no lo hiciste. Y lo hiciste sin saber si yo era de esos. No sé qué motivo es mejor para partirte la cara, que lo hayas hecho o que lo niegues.

—¿Y razonar mal? ¿Razonar mal sería motivo para partirnos la cara? Porque cuando miramos a las mujeres, cuando nos ponemos machitos, dime, ¿acaso sabemos si son *de esas*? ¿Tú lo sabes, Nostradamus? ¿O les preguntas si son heterosexuales antes de mirarles las tetas?

—No es lo mismo, pedante, no es lo mismo. La mayoría de mujeres, y de hombres también, eso no vas a negármelo, son heterosexuales. No te hablo de principios. Te hablo de estadística. Al acercarte puedes equivocarte, claro. Y por mí pueden ser lo que les dé la gana. Pero lo más probable es que sean como uno. Por eso, cuando las miras, el riesgo de incomodarlas es menor.

—Muy bien, Pitágoras. ¿Entonces para ti la buena o mala educación depende de las estadísticas? Ochenta por ciento hetero, acosar es normal. Veinte por ciento gay, eso ya es imperdonable. Bravo.

—¿Pero tú qué pretendes demostrarme?

—¿Yo? Nada. Como mucho, dos cosas. Que no sabes de lo que hablas. Y que ni siquiera te estaba mirando, qué más quisieras tú.

–Perfecto, Sócrates. Pasemos a lo primero. En tu argumentación te olvidas de algo fundamental. Tú, que tanto presumes de lo listo que eres, has reducido mi esquema a la simple aritmética. Pero cuando te hablé de mayorías, también me refería a lo cultural, ¿entiendes?

–No, no entiendo. La verdad es que me cuesta trabajo escucharte hablar de cultura.

–Voy a omitir también ese sarcasmo, o mejor lo dejamos para cuando te parta la cara. Bien. Hay costumbres en todas partes, incluso aquí, en el baño, y por supuesto en las calles donde miramos mujeres, que hacen que ciertas actitudes estén peor toleradas que otras. Por ejemplo, la tuya. Y eso no depende solo de los números. Pongamos que en este baño hubiera tres hombres, dos de ellos maricones como tú.

–¡Pero qué fijación! Ya te he dicho que no soy maricón. Lo que soy es un hombre que detesta la homofobia.

–Lo que tú digas, Lincoln. En realidad a estas alturas me da igual. A lo que voy es a mi ejemplo. Pongamos que en el baño hay tres hombres, dos de ellos maricones, y uno de esos dos le mira el culo al tercero. ¿Tú crees que por eso, porque en ese momento dos tercios de la población del baño sean homosexuales, la incomodidad del otro tercio va a ser menor? Más didáctico no me puedo poner, qué quieres que te diga. Lo que sí podría hacer es partirte la cara.

–Tú no me partes la cara ni queriendo.

–Cuidado. No me provoques.

–Pero, machito ibérico, ¿no era que, a tu pesar, tú me provocabas a mí? Y déjame decirte que tu ejemplo anterior no sería un problema de cultura, sino de contexto.

–¡Bueno, lo que faltaba! ¿Vas a darme una lección, así, mientras meamos, sobre las diferencias entre contexto y cultura? ¿Pero dónde te crees que estás? ¿En un aula de semiótica?

—Ahora sí que me sorprendes. ¿Tú cómo sabes qué es la semiótica?

—A ver, pedante, ¿y qué tiene de raro?

—No sé. Al principio no me pareciste, en fin, lo que se dice un semiótico.

—¿Ah, no? ¿Y en qué lo notabas, si puede saberse?

—Es que no sabría ni por dónde empezar. Tu aspecto. Tu lenguaje. Tus respuestas. Todo.

—Es curioso que hayas mencionado antes mi aspecto que mi lenguaje. A lo mejor eres tú el que no tiene muy claro qué es la semiótica.

—Ahí patinas, tontito. Hay que estudiar más. Nuestra apariencia exterior es un signo como cualquier otro. Y forma parte de nuestro lenguaje.

—De ninguna manera. O no al mismo nivel. ¿Qué tiene que ver la ropa con leer a Yuri Lotman? Y no vuelvas a llamarme tontito, porque voy a tener que citarte a Cassius Clay: soy más listo y más fuerte que tú. Así que o lo retiras o te parto la cara ahora mismo, en cuanto te haga ver tu error sobre semiótica.

—Bueno, bueno. Retiro el comentario. Aunque dudo que hayas leído a Yuri Lotman. Y lamento decírtelo, pero te retratas en cada ejemplo. Has dicho *Cassius Clay*. El típico esnobismo reaccionario. Si tanto te gusta el boxeo, ¿qué te cuesta llamarlo Alí, que es como él mismo quiso llamarse después de tomar conciencia de su raza y religión?

—Si te digo la verdad, no sé qué es más reaccionario. Si decir Cassius Clay, o defender a ultranza la corrección política.

–Debo reconocer que ese comentario ha sido inteligente. El primero que haces, te diría.

–¿Tengo que darte las gracias, pedante?

–Lo que te dé la gana, machito. Además, tengo que irme.

–¿Entonces te la chupo?

–Sí, por favor, gracias.

EL INFIERNO DE SOR JUANA

LA NOCHE EN QUE LA CONOCÍ, Sor Juana me explicó que todo había sido culpa de la menopausia. Pero la menopausia, objeté con pedantería, es a los cincuenta. Juana reaccionó como esos curas que están a punto de castigarte y deciden absolverte. Se me quedó mirando con una sonrisa superior, invitadora, y contestó tranquilamente: Tú qué vas a saber de la menopausia de las monjas, güey.

Quince minutos más tarde, Juana pagó las copas. Veintidós minutos más tarde, milagro, encontramos un taxi libre en mitad del Paseo de la Reforma. Cuarenta y tres minutos más tarde, ella brincaba sobre mí, inmovilizándome las muñecas.

Según me confesó, Juana perdió la virginidad con un fraile rubio, una semana antes de abandonar el convento. Para ser más precisos, digamos que perdió la virginidad con seis o siete frailes, no todos ellos rubios, a los treinta y nueve años de edad. Fue, en sus propias palabras, probar apenas uno y quererlos todos, todos, todos. La repetición no es mía, sino de Juana. Así lo contaba ella, con los ojos cerrados y las piernas abiertas.

En cuanto comprendió que nunca más sería digna a los ojos del Señor (cosa que comprendió enseguida), Juana se dejó crecer el cabello, consiguió un trabajo de ayudante en una veterinaria y dedicó todo su tiempo libre (todo, todo, todo) a fornicar con hombres de cualquier edad, raza y condición. El único requisito, según advertía Juana, era que no se enamorasen de ella. Y que se lo prometieran desde el primer día. Yo ya he estado comprometida con mi Señor, les explicaba (nos explicaba), desde los dieciocho hasta los treinta y nueve. Y como es imposible aspirar a entregas más altas, ahora quiero sexo, sexo, sexo. Aunque sé que por eso me voy a condenar.

Cualquiera que no se haya acostado con Juana (y reconozcamos que esa posibilidad empieza a ser remota en Ciudad de México) podría desconfiar de semejante frase: «Sé que por eso me voy a condenar». Y la consideraría quizás una excusa beata. Pero bastaba una sola noche con ella, por no decir un breve coito, para comprender hasta qué punto la afirmación de Juana era severa y transparente.

La vida sexual de Juana era mucho más que eso. Que vida, me refiero. Y de no haber sido tan entusiasta, me atrevería a añadir que se trataba justo de lo contrario, de una muerte. Con sus correspondientes, y absolutamente inevitables, resurrecciones carnales. Puedo imaginar los equívocos que esto despertará en las mentes más retorcidas. Éxtasis espasmódicos. Succiones insondables. Inverosímiles duraciones. Burdas acrobacias. Por Dios, por Dios, por Dios. Lo de Juana era distinto. Llano. Sin posturas incómodas. Sin técnicas orientales.

Lo de Juana era algo que nuestra civilización casi ha perdido: pura lascivia. Con sus tentaciones irrefrenables, sinceros remordimientos y reincidencias fatales. Lo increíble era que estos ciclos, que a los demás pueden llevarnos días, meses, años, Juana los resumía en pocos minutos. Intentando una aproximación científica, digamos que la población femenina suele experimentar las fases de excitación, meseta, orgasmo y resolución. Juana en cambio padecía rubor, enajenación, arrepentimiento y recaída. Sin preámbulos. Sin demora. Como una tormenta de verano.

Desde nuestro primer encuentro en su casa, asistí boquiabierto a la liturgia que se repetiría siempre. Juana me desnudaba con brutalidad, me mordía, me rechazaba, se arrancaba la ropa interior y me atraía dentro de ella. Entonces daba comienzo la parte más asombrosa, esa que terminaba de capturar mis sentidos y que, de alguna forma, terminó por condenarme: Juana me hablaba. Hablaba, aullaba, rezaba, suplicaba, lloraba, reía, cantaba, daba gracias. Para hacerla ingresar en aquel trance no hacían falta hazañas físicas de ninguna clase. Solo había que aceptarla. La recompensa era apabullante. Entre los cientos de obscenidades bíblicas que Juana profería durante el acto, me fascinaban sobre todo las más simples: «Me fuerzas a pecar, maldito», «Por tu cuerpo ya no tengo perdón», «Me empujas al infierno», etcétera. Algún escéptico pensará que eran meras exclamaciones de doctrina. Pero a mí esas cosas me conquistaban. Soy un hombre corriente. No suelo despertar grandes pasiones. Y nunca jamás, entiéndanme, había llevado a nadie hasta el infierno.

Mi tragedia era esta: ¿cómo fornicar después de Juana? ¿Valía la pena salir de las voluptuosas llamas del averno para acomodarse en las blanduras de un colchón cualquiera? Con ella, cada vez era un acontecimiento. Un placer deplorable. Un acto de maldad trascendente. Con las demás mujeres, el sexo era apenas sexo. Desde que conocí a Juana mis amantes esporádicas, especialmente las progresistas, me parecían tibias, previsibles, de una normalidad desesperante. Lo que hacíamos juntos no era terrible, ni atroz, ni imperdonable. Al tocarnos, ninguno de los dos perdía sus principios. Fingíamos encontrarnos para cenar. Bromeábamos con cortesía. Nos aburríamos gratamente. Con el tiempo fui pasando de la apatía a la fobia, y llegué a detestar los gestos vacíos que intercambiaba con mis compañeras. Los comienzos precavidos. Las pequeñas contracciones. Los gritritos moderados. Ya no sabía estar con nadie, nadie, nadie.

La última noche que pasé en casa de Juana, ella iba vestida como de costumbre: falda ancha y zapatos viejos. Sin peinar. Sin maquillaje. Y con la carne erizada. Cuando se arrancó la ropa y contemplé de nuevo su sexo velludo, no pude evitar besarla y susurrarle al oído: Estoy enamorado, Juana. Ella cerró los muslos de inmediato. Se ovilló en el sofá, alzó el mentón y dijo: Entonces vete. Me lo dijo tan seria que ni siquiera tuve fuerzas para insistir. Además, era yo quien había incumplido su promesa. Me vestí avergonzado.

Mientras cruzaba la salita poblada de crucifijos y vírgenes, oí que Juana me chistaba. Me volví esperanzado. La vi acercarse desnuda. Caminaba rápido. Se notaba que tenía los pies fríos. Me miró a los ojos con una mezcla de rencor y compasión. No se puede ir al infierno por amor, me dijo.

Después, se apagó la luz.

MONÓLOGOS Y MONSTRUOS

Monólogo de la mirona

Cuando estoy, por ejemplo, como ahora, sola en una cafetería, con la vista perdida en la calle de enfrente, y de pronto en la puerta de la iglesia se agolpa una multitud que se saluda y conversa y ríe, y aparece un bebé en brazos, dormido, indiferente, cuya presencia festejan todos, y se congregan en semicírculo para fotografiarse, y yo me fijo en una chica que lleva una falda corta, blanca, con unos muslos gruesos de los que ella parece orgullosa, y cuando los concurrentes posan frente al fotógrafo, todos de espaldas a la cafetería, y veo que la mano bronceada de uno de los hombres, un hombre guapo que con el otro brazo rodea a la que podría ser su esposa, se dirige veloz hacia esa falda y busca, palpa, aprieta las nalgas abundantes de la chica sin que ella proteste ni se inmute, entonces me doy cuenta de que a mí nunca me pasa nada.

Y cuando aparto la vista de la iglesia y el camarero se acerca a retirar mi taza, un taza en la que, sin querer, he dejado la marca morada de mis labios, y el camarero repara en esa huella, se demora un momento y después huye despavorido, quizá porque ha notado que soy demasiado joven, los hombres con la espalda como él, lo sé muy bien, a nosotras nos miran pero no nos hablan, o nos hablan pero no nos preguntan nuestros nombres, y cuando el camarero se aleja con su espalda enorme y sus pantalones ajustados y sus zapatos seguros de sí mismos, deja mi taza sobre la barra, extrae su teléfono de un bolsillo y lee algo en la pantalla que lo hace sonreír, yo me doy cuenta de que a mí nunca me pasa nada.

Y cuando, dentro del bus, un abuelo se levanta para cederle su asiento a una abuela, y ella sonríe con cierto conflicto, a medias halagada por la galantería, a medias ofendida por la evidencia de su condición, hasta que el bolso de la abuela resbala por su hombro cuarteado igual que el bolso, y cae al suelo, y un espejito viejo, nacarado, de señora, encantador, queda abierto en mitad del pasillo, y el abuelo se agacha con admirable esfuerzo a recoger el espejito, con riesgo de caerse, y el autobús da un frenazo, y el abuelo se aferra como puede a las barras, tarda una eternidad en erguirse de nuevo y le entrega a la señora, rescatado, valiosísimo, su espejito y su bolso y su juventud, y cuando la abuela se lo agradece con una inclinación sin poder evitar, en ese mismo instante, mirarse en el espejito y acomodarse el poco cabello que le queda, yo compruebo que a mí nunca me pasa nada.

Y cuando vuelvo con mi libreta intacta, sin haber repasado ni una página de esos apuntes aburridísimos por los que mañana me van a preguntar, y subo las escaleras corriendo porque me sobra energía, y a través de la puerta de nuestros vecinos llegan murmullos, música de fondo, risas, exclamaciones ahogadas, y cuando entro en casa, saludo, nadie responde, avanzo, paso frente a la habitación de mi hermano y lo veo descargándose porno, atento a su tarea, absorbido, entregado, y escucho a mi padre gritándole a mi madre, y a mi madre lloriqueando, y a mi padre diciéndole que deje de hacerse la víctima, y a mi madre contestando que a él le vendría muy bien aprender a llorar, entonces yo me encierro en mi habitación y me recuesto a seguir pensando por qué la vida de los demás siempre parece tan intensa, tan real, pero a mí en cambio nunca me pasa nada.

Monólogo del aduanero

Cada día, de ocho de la mañana a seis de la tarde, veo pasar a mexicanos, colombianos, chinos, polacos, ecuatorianos, indios, coreanos, y todos me miran como pidiendo clemencia. Eso es lo que me jode de ellos, sabes. No que sean putos mexicanos, colombianos, chinos o polacos, sino que me miren así. Como si fuera yo mismo, y no la ley, quien va a juzgarlos. Es simple, amigo. No tengo idea de cómo serán las cosas en sus países, pero aquí en Atlanta, por lo menos, son así. Y son bastantes justas, sabes. Si tú no has hecho nada, si realmente no has hecho nada ni piensas hacerlo, si no llevas ni buscas nada raro, si no tratas con drogas ni tus amigos tampoco, si no planeas nada peligroso contra nada ni contra nadie en este país, entonces no tienes por qué preocuparte. Si algo tan lógico a alguien no le parece lógico, que venga mientras llamo a un puto médico.

Los europeos son otra cosa, claro. Esos bastardos te miran a los ojos. Te desafían. Contestan de mala gana a las preguntas que les hago porque debo hacérselas, porque es mi puto trabajo, y no porque me interesen sus estúpidas vidas de paisajes, monumentos y ruinas. Esta misma mañana, por ejemplo, vino un francés hijo de la gran perra que me hacía una pregunta por cada cosa que yo le decía. Ponga el dedo ahí otra vez, le decía yo. Y él contestaba: ¿Esto es totalmente obligatorio? ¿Cuánto tiempo piensa quedarse en el país?, le preguntaba yo. Y él: ¿Eso no es información privada?, ¡tengo derechos! Cosas así, sabes. Estuve a punto de llamar a seguridad. Pero no valía la pena. Después las embajadas les llaman la atención a mis jefes, y mis jefes me llaman la atención a mí. Así que suspiré, le sellé el puto *Admitted* y puse una señal en su tarjeta de embarque para que le abrieran el equipaje. No sé si allá, en su Francia *oh là là*, respetarán la ley. Pero aquí por lo menos lo intentamos.

¿Por qué les costará tanto entender cómo funciona? Es como sumar dos más dos, en serio. Yo pregunto, ellos contestan. Los técnicos de seguridad quieren verificar si sus pertenencias son inofensivas, ellos las muestran. Nosotros nos fijamos si llevan el efectivo suficiente para no andar mendigando por las calles ni robando por ahí, ellos nos lo confirman. ¿Dónde demonios está lo raro? Son tres o cuatro reglas, sabes. Y este es un gran país precisamente porque tiene reglas. No es nada en contra de nadie, sabes. Si eres sospechoso, lo siento, amigo, ahí te quedas. Si estás limpio, de acuerdo, simplemente pasas. Adelante y el siguiente. Como dos más dos, en serio. Pero no. Muchos se hacen las víctimas. O te miran como si tú los conocieras de algo. O se hacen los valientes, como los franceses hijos de la gran perra. Bueno, tú quítales el pasaporte, ciérrales la embajada, y a ver en qué se quedan. En poco más que un ecuatoriano, un indio o un coreano. Y quítales la ropa, la tarjeta y el puto perfume. Entonces ya no sé si habría alguna diferencia, sabes.

Mi trabajo no me aburre. Tampoco es que me encante. Quiero decir, no me gusta como me gustan la cerveza, el helado o los partidos de los Hawks. Eso está claro. Pero cumplir un deber, eso decía mi padre, no es algo que se mida por su diversión sino por su importancia. Y hacer un trabajo importante es un honor que no todo el mundo tiene, sabes. Quiero decir, vigilar nuestras fronteras para que no entren criminales no es lo mismo, con el debido respeto, que lavar coches o servir hamburguesas, por ejemplo. Esos son trabajos tan honrados como cualquier otro, pero no te enorgullecen tanto. Yo lo sé porque, de joven, serví hamburguesas y lavé coches. Puedes ver la diferencia hasta en el uniforme. Lo siento, pero es así. Y el que prefiera llevar un puto delantal en vez de una placa, bueno, que lo jure por Dios.

Los días pasan lentos aquí, sabes. Las caras, las preguntas y los gestos son siempre los mismos. No te puedes mover de tu asiento porque vienen decenas, cientos, miles. El puto culo termina doliéndote tanto que apenas puedes caminar cuando vas al baño. Los ruidos del aeropuerto se te meten tan adentro de los oídos, que cuando sales del aeropuerto todavía los oyes. Los oyes en el coche, en el metro, en la ducha, en la cama. Pero al final te acostumbras.

Al llegar a casa, sabes, cuando me quito el uniforme, la camisa y los zapatos, a veces me siento lejos. Me quedo ahí, tumbado. Veo la tele hasta tarde. No converso demasiado con mi mujer. Y cuando les explico algo a mis hijos o les llamo la atención, ellos me miran como si les hablara en otro idioma.

Monólogo del inmobiliario

Desde la medianoche no me cabe más humo en la boca ni más café en el estómago ni más frío en el pecho. La sala de espera es un cuadrado limpio y silencioso, una ecuación de espanto. No sé si son las tres, las cuatro, las cinco. Tengo la sensación de que no voy a dormir nunca más. O de que nunca voy a despertarme. Todo parece tranquilo en el sanatorio. Incluso, eso me han dicho, quedan camas libres. Hoy ha sido una buena noche para el mundo, los médicos han tenido poco trabajo. Mi hijo puede morir.

Cuando algo parece tan simple mi mente se desespera. Quisiera tener más datos, variables, conocer las estadísticas recientes. Pero la situación es tan cuadrada como esta sala. Si las costillas han tocado el corazón, nada que hacer. Si las costillas han perforado otra zona, entonces todo sigue siendo todo. No hay matices. Es como esa luz blanca de los tubos del techo. Creo que me voy a desmayar. No tengo cigarrillos.

¿Debería sentarme? ¿Debería correr? ¿Debería romper los tubos? Mi mujer va a estar sedada toda la noche. Los médicos insistieron. No conviene que continúe en ese estado, me decían, puede sufrir un shock, se le ha puesto la tensión por las nubes, no le baja, señor, no reacciona a los comprimidos suaves, por eso le sugerimos, sabemos lo difícil, usted querrá pasar esta espera con ella, es comprensible, pero le aconsejamos, señor, hay camas libres, va a estar muy bien cuidada, no se preocupe, señor, le aconsejamos, no se va a despertar en varias horas, puede sufrir un shock, sabemos lo difícil, usted puede quedarse aquí, como prefiera.

Pienso en mi mujer pasando en camilla, ella también en camilla, pienso en mi hijo con las costillas rotas, pienso en su hermana en Londres, sin saber todavía lo que ha pasado, pienso, no sé por qué demonios pienso en Covent Garden, me escapo a Covent Garden, trato de imaginar a sus artistas ambulantes, sus músicos, sus payasos, pienso en mí mismo aquí, a medio sentar, a medio respirar, a punto de perder la lógica, no debo dejar de hablar conmigo mismo, porque temo quedarme en blanco y ya no ser capaz de reaccionar cuando el cirujano aparezca por esa puerta y me diga si estoy vivo. Pienso en nosotros cuatro y, de pronto, mi mente se traslada a una azotea de la calle Santo Domingo, como caído de un globo me veo aterrizando en la azotea de ese maldito edificio. Una ganga, me insistió Artigas, hemos cerrado operaciones mucho más difíciles, me entiendes, solo hay tres viviendas ocupadas, en un mes lo tenemos, en un mes.

Era una ganga, cierto, y de riesgo bajo, solo tres propietarios, tres familias, pienso en mi esposa, en Londres, en camillas, ya te digo, dijo Artigas, con un mes nos sobra, hay dos que ya casi han aceptado la oferta, no es un gran edificio, necesita reformas caras, no pueden vender bien, están jodidos. ¿Y cuál es el problema, entonces? Ninguno, dijo Artigas, ninguno, al principio no querían, me entiendes, nuestra primera oferta fue baja, ¡la tensión por las nubes!, nuestra oferta fue baja, dijo Artigas, uno de los propietarios cedió enseguida y el otro, bueno, el otro tardó un poquito más. ¿Un poquito? Seguimos el procedimiento, me entiendes, nada indiscreto, no te preocupes, uno o dos inquilinos de los nuestros, buenos chicos, obedientes, un yonqui y unos negros, les encargué que alborotaran sin pasarse, les di una semana de prueba para ver cómo iban las cosas. ¿Y cómo fueron? Una ganga, hazme caso, al tercer día cayó el segundo propietario, cuando le toqué el timbre me lo encontré en pleno ataque de nervios, aceptó, bueno, en fin, regateó una miseria y los gastos por nuestra cuenta, ¡una ganga, te digo!, ¡la tensión por las nubes!, hazme caso, dijo Artigas, es dinero bien invertido, solo nos queda una. ¿Una qué? Una señora, bah, una vieja muy terca, lleva allí media vida, ¡media vida!, ¡anestesia total!, ¡a corazón abierto!, me entiendes, a la vieja el dinero le da lo mismo, o eso dice, que ahí están sus recuerdos, su difunto marido no sé quién, toda la mierda esa. ¿Y los negros? ¿Y el yonqui? Bueno, ese es el problema, la vieja apenas sale de la cueva, no se cruza con ellos por los pasillos, ni siquiera los oye porque está sorda, la muy hija de puta, se acuesta tarde, duerme dos o tres horas, no trabaja, es un caso distinto. Bien reformada, esa esquinita de Santo Domingo vale, yo qué sé, calculemos, tres, cuatro millones. Dos limpios, como mínimo. ¿Entonces la presiono?, dijo Artigas.

¿Debería sentarme? ¿Debería correr? ¿Debería chillar hasta arrancarme esta soga del cogote? Artigas es un socio eficiente, no tengo queja de él, solo que a veces le falta tacto. Al fin y al cabo es una anciana, Artigas, podemos esperar un poco, ¿no?, ¡la tensión por las nubes!, ¿debería romper los tubos del techo?, ¿qué debe hacer un padre?, ¿por qué no sale ya de una maldita vez el doctor Riquelme?, ¿será buena señal que tarde tanto?, ¿le mando a Artigas para presionarlo?, pero si la operación hubiera salido mal, si las costillas hubieran atravesado el sentido de todo esto, entonces la espera no estaría siendo tan larga. Correcto, correcto. Pero si la operación hubiera salido perfecta, hace tiempo que el doctor Riquelme habría salido de su cueva para darme la buena noticia, la única que voy a poder entender. La vieja va a tener que salir de ahí, dijo Artigas. No sabemos si tiene hijos. La operación nos va a salir redonda. Me da terror pensar en nuestra casa sin mi hijo. Pensar en, no sé.

Será todo lo redonda que diga Artigas, pero yo ya no soporto este cuadrado. Esta sala, me doy cuenta, es una frontera, ese pasillo es un límite y la luz blanca una advertencia. A lo mejor a partir de ahora nuestra casa, los cuatro, el trabajo, todo pueda rectificarse si me dan una oportunidad, este dolor podría servir de algo, lo presiento. ¿Lo presiento? Imbécil. Cobarde. No lo presientes, lo imploras. No te imaginas nada, no puedes calcular más allá de ese pasillo. Los tubos de luz blanca me ahogan, no hay nadie por encima de ese techo, lo sé bien, ¿lo sé seguro?, no hay ningún ser que escuche ni conceda, pero igual lo prometo, igual me ofrezco: si mi hijo está ahí, si mi mujer se despierta y nuestro hijo sigue ahí, si esa puerta, si el doctor, si todavía hay sentido, prometo hablar con mis socios, prometo cambiar los procedimientos, prometo que dejaré a la señora sorda morir en paz con sus recuerdos, en la casa de su vida, y que solo ese día ofertaremos por Santo Domingo, prometo, y nuestra oferta será tan digna como la muerte de la señora, que ojalá tarde muchos años en llegar, años en los que voy a abrazar a mi esposa, ¡por las nubes!, prometo, y querer a mis hijos con menos cobardía, y pensar en nosotros, en reconstruirnos, prometo. Necesito que alguien me dé un cigarrillo. Necesito que alguien, por favor.

Ahí. No. Ahí. Creo. Se mueven. Las puertas. Ahí está. Veo. En el pasillo. No. Todavía no. Prefiero seguir esperando. De verdad. No estoy listo. No voy a poder reaccionar. La espera no era tan mala. Prometo. Por favor. Ahí. Viene. Por favor. ¿Pero? ¿No se acerca demasiado? ¿Demasiado tranquilo el doctor Riquelme? ¿No sonríe? ¿Pero entonces? ¿Entonces sí? Gracias. No lo puedo creer. Sí. Gracias, gracias.

Enseguida la despiertan. Se lo voy a contar, no sé, se lo voy a contar besándola. Quiero verle la cara, quiero verle el amor, cuando le cuente. Estamos juntos. Me han dicho que enseguida. Que la costilla no. Y que dentro de un rato sí. Que vamos a poder verlo. Creo que ahora entiendo. Ahora sí. Qué distinta la luz, la sala, todo. Ha amanecido. Respirar es diferente. Ya no hay mareo. Ya no hay ahogos. Ya no, la pierna.

La pierna, que me vibra. Alguien. Su número. Artigas. No sé si atender. No sabe nada del accidente. Nada de esta noche interminable. No sé si contestar ya mismo y explicarle por qué todo ha cambiado. Para. La pierna quieta. Insiste. Sí. Se lo voy a decir todo. Atiendo. Artigas me atropella. Ni siquiera me deja hablar. Se me adelanta. Hay novedades. Novedades urgentes. Buenísimas. Sobre Santo Domingo. Me comunica que la última propietaria ha entrado en razón. Que acepta. Que se larga. Que la vieja se rinde. Me explica cuánto pide y en qué condiciones. Yo lo escucho y no escucho. Estoy flotando. Estoy atravesando el final del pasillo. La luz revolotea al otro lado de las puertas del sanatorio. Esa luz, esa luz. Artigas termina de hablar. Mi voz es clara y tranquila.

Ofrécele un poco menos, Artigas, no seas impaciente, ofrécele un poco menos, digo.

Monólogo del monstruo

UNO NO DECIDE matar a un niño. Uno, como mucho, decide que aprieta los dientes o contrae los músculos. Que apunta a la cabeza o baja el cañón. Que abre la mano o mueve un poco el dedo índice. Nada más. Después las consecuencias llegan todas al mismo tiempo. No me parece lógico. Uno piensa que es capaz de hacer algo y lo hace. Es una comprobación, no un acto en contra de nadie. La gente se equivoca cuando empieza a imaginar motivos. La destrucción es un objetivo en sí, una misión solitaria, no tiene qué ni quién. Es algo extrañamente posible. Y su propia posibilidad te convence. En la vida es difícil hacer cosas. Todos deseamos lograr lo que nos proponemos. Yo tenía un propósito y lo cumplí. A lo mejor me equivoqué de propósito, pero no me equivoqué cumpliéndolo. Es una diferencia sutil que no todos entienden.

Yo decidí obedecer un impulso, pero en ningún momento recuerdo haber aceptado los efectos de ese impulso. Encuentro desproporcionado que se desencadenen tantos hechos a la vez, bajo el aspecto de uno solo. Para que fuéramos responsables de nuestros actos, lo justo sería que se nos solicitase aprobación uno por uno. La realidad debería preguntarnos: ¿Aceptas hacer este movimiento? Bien, y ahora, ¿estás de acuerdo en que tu movimiento cause este otro? Bien, y ahora, ¿estás dispuesto a que el segundo movimiento provoque estas reacciones? Y así sucesivamente.

No eludo en absoluto mis responsabilidades. Solo distingo sus partes. Una curiosidad no es lo mismo que una decisión. Un impulso no es lo mismo que una sentencia. La ansiedad no es lo mismo que el odio. Por no tener en cuenta estos matices, hice lo que hice. Hablo con el corazón. Si en ese momento hubiera sabido que el niño caería de verdad, jamás habría apretado el gatillo. De lo demás me hago cargo.

El hotel del señor presidente

DUERMO A MENUDO EN HOTELES, o mejor dicho no duermo. Unos meses atrás, me gustaría recordar exactamente cuándo, en recepción me ofrecieron una pluma de oro para estampar mi firma y, si tenía yo la gentileza, anotar una frase, un saludo, cualquier cosa. Empuñé la pluma con cierta parsimonia, dándome aires, no tanto por verdadera presunción como porque, sinceramente, no se me ocurría nada, tenía sueño, duermo mal, y trataba de ganar tiempo. Los recepcionistas percibieron mi incomodidad y se deslizaron con discreción para dejarme solo frente al libro de visitas. Yo aproveché la circunstancia para hojear las dedicatorias anteriores e inspirarme un poco. Así fue como, en la última página, encontré la siguiente nota:

«Escándalo en el bar. Una copa de brandy a ese precio, aunque se trate de un Napoleón Gran Reserva, es una estafa. La mezquindad también se paga. Y, tarde o temprano, es mal negocio. Atentamente, N. N.».

Me extrañó que semejante protesta figurase en el libro de visitas y no en el de reclamaciones. Quizás el individuo que la firmaba había decidido, en venganza, dejarla a la vista de las personalidades que pasaran por el hotel. Lo cierto es que aquella nota me ofuscó un poco, no sé muy bien por qué, y me impidió concentrarme en lo que debía escribir. Después de varios minutos de inútil espera, me limité a estampar mi autógrafo con mi nombre debajo en letras mayúsculas. Cerré el libro, les sonreí a los recepcionistas, llamé a mi escolta y me retiré a mi habitación.

No diré que seguí pensando en el asunto, porque las reuniones y los actos públicos me sumergieron en la extenuante vorágine de siempre. Pero, cuando me extendieron el libro de visitas en el siguiente hotel de la siguiente ciudad, y me rogaron que les hiciera el gran honor de etcétera, etcétera, no pude evitar acordarme de N. N. Fue apenas un cruce, como un avión que te distrae un instante de tus quehaceres. Poco más. Lo que no esperaba es volver a encontrármelo.

La nueva nota decía:

«Comprendo que el personal de limpieza irrumpa por la mañana y, sin querer, despierte a alguien. Pero que manipule los picaportes de madrugada, desordene los papeles o mueva el equipaje, viola todos los derechos de los huéspedes. Si el objetivo es controlarnos, sería mejor contratar a espías profesionales, que harán un trabajo más sigiloso y les darán informes más precisos. Atentamente, N. N.».

En aquella ocasión, después de unos instantes de desconcierto, sentí el impulso de llamarles la atención a los conserjes. Descarté la idea de inmediato. Sabía que, en cuanto mencionara aquella nota, el personal entero del hotel vendría a mí, se desharía en tediosas disculpas y me retendría con toda clase dc explicaciones, pretextos y obsequios. Así que, nuevamente, me callé. Estampé mi firma con letras bien grandes. Y subí a mi habitación. A no dormir.

¿Qué digo ahora? ¿Que no pensé más en eso? ¿O que me acordé por azar, como un avión que pasa, etcétera? La semana fue bastante revuelta, con algunos desórdenes en las calles que fue necesario cortar de raíz. Transcurrieron diez días hasta mi siguiente viaje.

Sin mayores preámbulos, paso a transcribir la nota que encontré en el libro de visitas del nuevo hotel, cuyo personal puso particular énfasis en dispensarme todo género de atenciones, parabienes, reverencias:

«No hay nada malo en ofrecerle al huésped la posibilidad de seleccionar películas pornográficas y, más concretamente, de orientación sadomasoquista. Pero tampoco estaría de más que las habitaciones estuvieran insonorizadas. Saludos de N. N.».

Creo que los recepcionistas, que me miraban expectantes y con los dedos entrelazados, advirtieron mi sonrojo. Por fortuna, interpretaron que su presencia me inhibía para escribir. Así que se retiraron dejándome a solas con el libro de visitas, frente a esos mensajes que, evidentemente, ya no podían ser casuales.

Reflexioné: ¿el individuo aquel me seguía? ¿Estaba al tanto de mis movimientos y se hospedaba en los mismos hoteles que yo? Por más que mi escolta mantiene vigiladas día y noche mis habitaciones, esta hipótesis me produjo escalofríos. Ahora bien, ¿cómo podía conocer tan detalladamente mi agenda? Y, si pretendía dirigirse a mí, ¿por qué elegir un método tan estrafalario? ¿No habría sido mucho más efectivo un correo electrónico, un paquete postal, una llamada? Lo siguiente que pensé, aunque absurdo, me alarmó incluso más: ¿lo seguía yo a él? ¿Iba yo mismo tras sus pasos sin saberlo? ¿Pero cómo iba a conocer sus fechas, desplazamientos, hoteles? Cómo iba yo a saberlo, si ni siquiera sé adónde voy pasado mañana, ni por qué no duermo, ni nada.

Con la repetición de aquellas notas furtivas, confirmé algo que ya sospechaba: nadie lee los libros de visitas, y muchísimo menos los encargados de los hoteles. Pese al esmero en su encuadernación, la ceremonia con que se inscriben las entradas y la importancia que se pretende concederles, todo es apariencia. Igual que las constituciones, después de redactados nadie los consulta.

Una noche, por ejemplo, tuve que leer:

«Se ruega a la dirección del hotel que, dado lo infecto de su ilustre huésped, se proceda a una fumigación exhaustiva de la séptima planta. Es un asunto de sanidad pública. Agradeciendo su atención, N. N.».

Las notas se volvieron cada vez más hostiles. N. N. ya no hacía alusiones perversas a mi persona, sino que se dirigía a mí con total impunidad. La gente debería leer los libros de visitas, digo yo que para algo están. Pero nadie parecía darse cuenta, o al menos nadie decía nada. Naturalmente, a mí tampoco me convenía mencionar el tema. Considerando las indecorosas revelaciones que contenían algunas notas, mi mayor interés era ocultarlas. Lo peor (y yo intuía que eso también estaba planeado) era la humillación de levantar la vista de los libros y tener que sonreír, disimular, ser amable. Por cuestiones de estrategia, bajo ningún concepto deseaba parecer nervioso o asustado, justo cuando mis detractores más me atacaban y la prensa extranjera me acusaba de haber perdido el rumbo.

Las advertencias no siempre me aguardaban en la última página. Evidentemente él, o ellos, trabajaban con cierto margen de tiempo. Ahora bien, sin excepción, cerca del final del libro, me encontraba con la insidiosa nota de turno:

«¿Qué le parece si, en vez de privatizar las universidades, estatalizamos sus mansiones?».

«El saber no ocupa lugar. ¿Sabe a qué se dedica su mujer mientras usted viaja?».

«El poder judicial no es un servicio de habitaciones».

«Suerte para su hijita en la clínica. Réquiem por ese nieto. Esto también les pasa a los ultracatólicos».

Etcétera.

Fuera de los hoteles, nada parecía haber cambiado. Pero las notas acertaban como dardos. Llegué a tener más ansiedad por leer los libros de visitas que la prensa nacional. Mi rutina diaria continuó inalterable. Al menos hasta la tarde en que leí:

«Lústreme las botas. N. N.».

La nota no decía nada más. Tampoco mencionaba fecha ni hora. ¿Era un simple sarcasmo? Por alguna razón, intuí que no. Firmé el libro de visitas (ya me había habituado a arrancar las páginas con cuidado e improvisar a continuación extensos párrafos laudatorios sobre las comodidades del hotel), saludé uno por uno a los empleados, acepté hacerme fotos con ellos, subí a mi habitación. Y, si tengo que ser franco, no me sorprendió demasiado encontrarme unas botas negras, gastadas y desconocidas a los pies de mi cama. Miré a mi alrededor. Inspeccioné la habitación, sabiendo de antemano que no habría nadie. Me senté a reflexionar al borde de la cama. Y entendí que no tenía elección.

Desde entonces, las órdenes arreciaron. Las notas jamás contenían una amenaza explícita o una mención de las represalias en caso de incumplimiento. Lejos de serenarme, eso me asustaba más: tenían que estar muy seguros de su fuerza como para saber que yo obedecería. Lo cierto es que las instrucciones podían ser extrañas («A medianoche, deposite su ropa sucia en el ascensor»; «Cuando se vaya, deje encendido el televisor en el canal 11»; «Si suena el teléfono tres veces, no atienda»; «Asómese a la ventana a las 18.47»; «Abra todos los grifos a la vez»), pero no me impedían desarrollar mis actividades como si nada sucediese. Al principio me sentí humillado. Después me acostumbré.

Cuantas más órdenes he ido obedeciendo, más numerosas han empezado a ser las exigencias. Ahora cada nota contiene dos, tres o incluso cuatro cláusulas, a veces dependientes entre sí, aunque nunca imposibles de cumplir. Todo lo demás está bajo control. Mi cargo parece a salvo, mi familia tranquila. Pero las notas de N. N. siguen persiguiéndome en cada ciudad, en cada hotel, justo antes de que arranque la página, estampe mi firma, salude a los empleados, me haga fotos con ellos y suba a mi habitación para dar vueltas en la cama, para cerrar y abrir los ojos y ver siempre la misma oscuridad, para escuchar el zumbido del aire acondicionado que tanto me recuerda a la turbina de un avión, para pensar que quizás, antes de conciliar el sueño, me vendría muy bien una copa de Napoleón Gran Reserva.

BREVE ALEGATO
CONTRA EL NATURALISMO

Teoría de las cuerdas

Vivo sentado en mi escritorio, frente a la ventana. Las vistas no son lo que se dice un paisaje alpino: patio estrecho, ladrillos sucios, persianas cerradas. Podría leer. Podría levantarme. Podría dar un paseo. Pero nada es comparable a esta generosa mediocridad que contiene el mundo entero.

Estos ladrillos míos son toda una universidad. Me dan, por empezar, lecciones de estética. La estética comunica la observación con la comprensión, el gusto individual con el sentido general. La estética vendría a ser, entonces, lo contrario de la descripción. Cuando uno solo tiene un patio interior para llenarse los ojos, ese matiz se convierte en una cuestión de supervivencia.

O lecciones de semiótica. Hablar con los vecinos me dice menos de ellos que espiar su ropa tendida. He comprobado que las palabras que cruzamos con el prójimo son fuente de malentendidos, más que de conocimiento. En cambio su ropa es transparente (en algunos casos, tal cual). No puede malinterpretarse. Como mucho, se desaprueba. Pero esa desaprobación también es transparente: nos revela a nosotros.

Paso largos ratos contemplando las cuerdas. Parecen partituras. O cuadernos a rayas. El autor es cualquiera. Gente anónima. La casualidad. El viento.

Pienso por ejemplo en la vecina de abajo, a la izquierda. Una señora de cierta edad, o edad incierta, que convive con un hombre. Al principio imaginé que se trataba de un hijo corpulento, pero debe de ser su esposo. Es difícil que hoy un joven se ponga esas camisetas interiores blancas tan desprestigiadas en su generación, que no ha tenido ni un poquito de neorrealismo con que mitificar al proletariado. Mi vecina ha dejado flotando unas bombachas de proporciones bíblicas, y un sostén color carne que podría servir perfectamente como un gorro de baño (dos, para ser preciso). He ahí el misterio: su orondo marido usa breves slips elásticos. Algunos rojos, otros negros. Dudo que una señora de tan recatado gusto aliente a su esposo, en cambio, a arriesgar semejantes lencerías. A la inversa, parece improbable que un caballero con tanto atrevimiento debajo de los pantalones no le haya sugerido otros modelos a su cónyuge. Así que deduzco que, con esos slips, el señor complace (si complacer fuera la palabra) a una mujer mucho más joven que él. Su esposa, por supuesto, se encarga de lavarlos y colgarlos amorosamente.

Un par de pisos más arriba, al centro, hay otra cuerda que pertenece a una estudiante de costumbres bohemias, si se me permite la redundancia. Ella jamás se asoma a tender antes de las nueve o diez de la noche, cuando el patio ya está en penumbra. Lo cual me impide apreciarla con la nitidez con que observo sus prendas. Su repertorio incluye todo género de camisetas cortas, minúsculos conjuntos, tangas de fantasía y algún que otro liguero de estilo tradicional. Este último detalle me sugiere cierta afición a la filmoteca universitaria. Imagino a mi estudiante como una de esas personas osadas que, en el momento decisivo, son poseídas por el pudor, fruto quizá de sombrías horas de catequesis. Una de esas bellezas que se sienten mejor seduciendo que gozando. O no. Al contrario: ella podría ser uno de esos prodigios naturales que, incluso en los momentos de mayor desenfreno, son capaces de un gesto de elegancia. O no. En su justo medio: mi vecina pone límites a su propio descaro, posee un punto de autocontrol que la hace irresistible y a veces desesperante. Sobre todo para esa clase de hombres (concretamente, todos) que se dejan llevar por el vestuario y, con ejemplar simpleza, esperan encontrar a una mujer lasciva debajo de un vestido corto. Mi vecina, en el fondo, es un espíritu frágil. No hay más que reparar en esos calcetines de estampados infantiles con los que, me figuro, duerme cuando está sola: patitos, conejitos, ardillas. Odia el paternalismo tanto como el frío en los pies.

Un poco más abajo, tres ventanas a la derecha, una madre corrige la suciedad de sus retoños. Algunos de ellos, los delatan sus tallas, han dejado de ser niños. ¿Por qué los adolescentes se resisten a encargarse de su ropa? ¿Qué clase de vergüenza los separa de sus propios calzoncillos? El hijo mayor de mi vecina mancha una considerable cantidad semanal. ¿Dejará también copiosos rastros informáticos, esconderá revistas en lugares previsibles, se encerrará en el baño durante horas? ¿Sabrá que su madre lee sus calzoncillos? Qué derroche de energías. Lo mismo podría decirse del vecino de uno de los terceros, que se toma la molestia de alinear sus prendas por tamaños, tipos y colores. Jamás una camisa junto a una toalla de mano. Vive solo. No me extraña. ¿Cómo dormir con alguien incapaz de confiar en la hospitalidad del azar? Mi vecino maniático es, en definitiva, un maestro del disimulo.

Con el paso de los años frente a la ventana, he aprendido que no conviene abusar de los cambios en la observación. Se averigua más concentrando la mirada en un punto que trasladándola de un lado a otro. Esa sería la lección de síntesis. Con tres cuerdas o cuatro, se debería disponer de material suficiente para una novela de misterio.

Hace buen día, hoy. El sol inunda el patio. Las cuerdas de mis vecinos lucen alborotadas, llenas de planes. Es demasiada ropa para desnudar sus vidas.

Mis cuerdas no se ven.

POLICIAL CUBISTA

ENTRÉ DE PERFIL en mi sala cuesta arriba. Apagué media lámpara y después la otra media. Me pareció escuchar un ruido posterior. Pero aún no había entrado en la sala. O sí, depende. Grité por si acaso. Mi voz ascendió, tocó techo, rebotó amarilla como una pelota de tenis y volvió a mi boca. Lógicamente, nadie pudo salvarme. Mi cadáver yacía en un extremo del cuarto. Por el otro se escapaba el pie izquierdo del asesino. ¿Qué hacía la lámpara todavía encendida? He ahí la cuestión.

FAHRENHEIT.COM

LOS CRÉDULOS AFIRMAN que todo estaba escrito. Los escépticos replican que, si ya estaba escrito, nadie lo leyó.

Aquella mañana transcurría como cualquier otra. El cielo radiaba un sol tridimensional. El viento subrayaba la energía. Los teleféricos hidráulicos cruzaban el horizonte. Los ciudadanos reiniciaban sus conciencias y actualizaban sus índices de cafeína. Las mascotas virtuales titilaban. Las tiendas telepáticas empezaban a confirmar los pedidos. Los lectores intercambiaban sus bibliotecas. Los editores las retraducían. Los críticos comentaban las traducciones. El público corregía las críticas. La prensa entrevistaba al público. Nada nuevo, nada viejo.

Pero era la hora exacta. Agazapados en línea, los terroristas invisibles acariciaban sus teclas.

De repente, sin demora, sin estruendo, las luces se apagaron. Todas. Haciendo un leve clic. Se apagaron en cada comunidad económica, cada ciudad flotante, cada hogar del planeta. Los monitores anochecieron. Los buscadores se vaciaron como un balde boca abajo. Todas las cuentas personales se borraron a la vez. Los entretenimientos de los niños quedaron suprimidos, como si nunca nadie hubiera jugado a nada. Los amantes cesaron sus descargas sin poder despedirse. Los microteléfonos extraviaron la señal, los números, los nombres. La actividad bursátil se esfumó. Los medios de transporte frenaron de golpe o aterrizaron a ciegas o colisionaron. Los puentes entre mares se llenaron de gritos.

La civilización entera quedó temblando al aire, igual que ropa recién limpia.

A partir de aquel instante, nada repararía nada. Las células deliberantes podrían convocar asambleas con presencia física. Las centrales metacomunicativas podrían intentar reinstalar sus recursos, en espera de los rescates técnicos. Las unidades de vigilancia podrían recuperar bases de datos y emprender escaneos policiales. Los circuitos judiciales podrían ejecutar implacables medidas simultáneas. Los causantes del mal podrían ser quizá detectados, analizados y eliminados. Pero la catástrofe sistemática ya estaba consumada. Las represalias habrían servido de poco: milésimas después de cometer su pulcra devastación, los terroristas invisibles habían desconectado sus propios órganos, entregando sus cuerpos al vacío.

De la primera a la última, las federaciones geopolíticas volvieron a fundarse, reseteando los mapas. Las menguantes reservas alimentarias fueron subastadas al mejor postor, provocando la Tercera Hambruna Mundial. Para cuando los núcleos hospitalarios lograron controlar la cadena de epidemias, ya eran escasas las familias sin bajas que llorar. Las mayores eminencias científicas acordaron asistir al histórico foro en BA-8, por entonces núcleo urbano equidistante de los grandes servidores, trasladándose en persona hasta él de las maneras más insospechadas.

La cultura global transposmoderna, según narran los códices, no corrió una suerte menos drástica. Inutilizados los programas básicos, incapaces de leer un solo archivo de texto, despojados por tanto de cualquier testimonio escrito, los ciudadanos supervivientes, incluidos los más cultos, debieron enfrentarse a una inédita certeza: en términos prácticos, volvían a ignorarlo todo. Se habían quedado sofisticadamente en blanco.

Tal como se aprecia en los rudimentarios dibujos que conservamos de aquel período, la escena más común en las reuniones literarias era la siguiente: hombres y mujeres con un rictus de extrema seriedad, con la vista perdida, rodeados de montañas de reproductores estériles, dispositivos de lectura vacíos, memoria sin recuerdos.

Ancestralmente inhábiles para la caligrafía, poca y confusa literatura nos legaron esos años. Apenas un puñado de leyendas rimadas, algún que otro estribillo. Durante cierto tiempo, la humanidad no conoció otra distracción que los trovadores, los cuentacuentos y el sexo conyugal.

Para los pesimistas, aquella fue una segunda y fugaz Edad Media. Para los optimistas, fue la Edad de Plata de la cultura oral. Para los académicos, se trató del final del final de la Historia.

Cuando los comités de alerta comenzaron a emitir obsoletos comunicados radiofónicos con las primeras estimaciones oficiales (una década entera para reconstruir las bases tecnológicas prioritarias, tres o quizá cuatro décadas para alcanzar un rendimiento óptimo), hubo quienes comprendieron que la humanidad no podía esperar tanto.

Así fue como aquel memorable grupo de poetas concibió la idea. Poetas, nunca estará de más insistir en ello, sin escuela predominante: los había barrockers, hiporrealistas, intrafantásticos, minimetals, ultracoloquiales, transpop, retroclásicos, hipervanguas, principiantes. Los unía la voluntad del verbo.

Entre todos decidieron peregrinar a los desguaces, talleres y plantas recicladoras. Juntaron maderas, cristales, hierros, engranajes, plásticos. Reunieron desechos orgánicos, restos químicos, repuestos. Trabajaron día y noche como obreros, como hormigas, como náufragos. Al cabo de unos meses, obtuvieron la extraña maravilla que alteraría para siempre nuestra noción de la lectura. La llamaron imprenta.

El resto de la historia es bien conocido por todos. O al menos debería, si es que las videoescuelas han funcionado.

Breve alegato contra el naturalismo postal

La primera batalla no fue grave. Yo dormía, trabajo de noche, qué culpa tengo, y él no quiso subir a casa. Tocó el timbre varias veces, yo diría que con saña, puede que hubiera tenido una mañana dura, lo lamento, y cuando corrí por el pasillo todavía desnudo, aturdido, el cartero me gritó por el auricular: ¿Baja a buscarlo?

Quizá, quién sabe, ya es tarde para esas conjeturas, si el cartero me hubiera sorprendido despierto (qué curioso, iba a decir: si me hubiera despertado despierto), su negativa a subir no me habría molestado tanto. Pero se trataba, qué culpa tengo, insisto, de un envío urgente certificado. Cer-ti-fi-ca-do. Y yo vivo en la penúltima planta de este maldito edificio sin ascensor.

¿Entonces baja o no?, me preguntó impaciente el cartero. ¿Y por qué no sube usted?, acerté a contestar, o a preguntar a mi vez, admito que no muy sagazmente. Porque son un montón de escaleras, remató, natural, el cartero. ¿Es un paquete muy pesado?, procuré razonar, llamémoslo así, mientras sostenía el auricular con una mano y me frotaba los ojos con la otra. No, respondió, admitamos que sin la menor retórica, el cartero.

Corrí a vestirme, me mojé la cara, abrí la puerta, estuve a punto de olvidar las llaves, volví a entrar, busqué las llaves, cerré la puerta, bajé los cinco pisos gruñendo y maldiciendo, hasta alcanzar la entrada del edificio. Ahí seguía, de pie, oblicuo, con un hombro apoyado en el marco del portal, como una tachadura en un formulario, el cartero. El paquete, cómo decirlo, no merecía tal nombre. Era, siendo generosos, un sobre de tamaño mediano. Lo palpé. Su grosor era mínimo. Una pluma. Una pompa de jabón dentro de otra. Aquel sobre era, en una palabra (y, cuando yo decido emplear una sola palabra, siento la responsabilidad, esa manía tengo, de consultarla inmediatamente en el diccionario), ingrávido (*Ingrávido: 2. Ligero, suelto y tenue como la gasa o la niebla*).

Fírmeme aquí, bufó el cartero, con nombre y documento. Me gustaría saber, insistí sabiéndolo, por qué motivo no me ha traído usted este envío a casa. Porque ese, estimado caballero, me contestó él con irritante cortesía, no es mi deber legal. Debo entregar el sobre en mano, sí. Pero nadie me obliga a subir cinco pisos. En ese caso, respondí terminando de rellenar el recibo, levantando la cabeza y abriendo mucho los ojos (¿valdría aquí decir que despertándome despierto?), le agradezco muchísimo su buena voluntad. Lo mismo digo, imbécil (*Imbécil: 1. Alelado, escaso de razón. 2. Flaco, débil*), me respondió, fornido, joven, alto, yéndose, el cartero.

Las siguientes batallas fueron más serias. Es decir, por la espalda. El timbre de mi casa sonaba muy temprano y, cuando yo atendía, soñoliento, nadie me contestaba. Horas más tarde, cuando bajaba a la calle, encontraba un comprobante en mi buzón. Mi contraataque fue, lo admito, o quizá no, un tanto desmedido. Estudié los reglamentos del servicio postal, consulté a un amigo abogado, redacté una barroca protesta formal y la remití a Correos y Telégrafos. Cer-ti-fi-ca-da. No obtuve más respuesta que un acuse de recibo. Pero, qué duda cabe, algún efecto debió de surtir porque, a partir del mes siguiente, aparte de los timbrazos a primera hora de la mañana, empecé a encontrar mis comprobantes tirados en el suelo, sucios o rotos. Me llamó particularmente la atención uno de ellos, en cuyo pie, nunca mejor dicho, a modo de sello, aparecía impresa con notable vigor la suela de una bota (*Impresión: 1. Acción y efecto de imprimir. 2. Marca o señal que algo deja en otra cosa; p. ej., la que deja la huella de los animales, el sello que se estampa en un papel, etc. 3. Efecto o sensación que algo o alguien causa en el ánimo*). Una bota, he de puntualizar, enorme.

Mi reacción no se hizo esperar. Realicé un par de gestiones, moví mis influencias y averigüé el nombre, el apellido, la fecha de nacimiento, el número de pasaporte y el domicilio familiar del cartero de mi zona. Una madrugada, antes de acostarme, pegué en mi portal una etiqueta con todos sus datos personales, convenientemente atravesados por la huella de un neumático. A partir de ese día, no puedo decir que me sorprendiera encontrar todo género de desperdicios en mi buzón (cáscaras de naranja, envases de yogures, tierra del jardín, excrementos) y, faltaría más, diminutos jirones de comprobantes (*Jirón: 2. Pedazo desgarrado del vestido o de otra ropa. 3. Pendón o guion que remata en punta.*

5. Figura triangular que, apoyándose en el borde del escudo, llega hasta el centro o corazón de este) que me llevaba horas reconstruir.

La cosa fue, en síntesis, poniéndose peor. Ahorrémonos el desarrollo. Da igual el desenlace. A la mierda, con perdón, el naturalismo. No importa ya qué hice. Lo hecho, hecho está, así dice el refrán, qué culpa tengo. Y, en el fondo, qué culpa tuvo tampoco el imbécil del cartero. El comportamiento humano es (*Humano: 1. Perteneciente o relativo al hombre. 2. Propio de él. 3. Comprensivo, sensible a los infortunios ajenos*), no hay remedio, fascinante.

Ahora pasan días, incluso semanas, no sé si decir meses, sin que aparezca nada en mi buzón. Y eso, más que lo otro, todo lo que un naturalista habría contado, es para mí lo triste del asunto (*Asunto: 1. Materia de que se trata. 2. Tema o argumento de una obra. 5. Relación amorosa, más o menos secreta, de carácter sexual. 6. Suceso notorio que atrae la curiosidad del público*).

Fin y principio del léxico

Cada tarde de domingo, después de dormir la siesta, Arístides se levantaba y decía «tra», «cri», «plu» o incluso «tpme». Lo pronunciaba en voz muy alta, con absoluta elocuencia, sin tener ni idea de las razones. No le venían a la mente jirones del sueño interrumpido, imágenes concretas, deberes inmediatos. Ni siquiera vocablos de entre las decenas de miles que, muy supuestamente, conocía. No. Lo que decía Arístides, y lo expresaba bien claro, era «fte», «cnac», «bld». Medio dormido, sin afeitar, él volvía a ser alguien anterior al léxico. Así, durante un momento, antes de entrar otra vez en el mundo, era desmesuradamente feliz sintiendo que tenía todo el lenguaje por delante.

APÉNDICE PARA CURIOSOS*

*No hay ninguna diferencia real
entre teoría y praxis.*

NOVALIS

---

* Los *Dodecálogos de un cuentista* no pretenden ser reglas para escribir cuentos; son pequeñas observaciones surgidas durante el proceso de escritura. No
se proponen analizar el libro al que acompañan; sino reflexionar sobre distintos
aspectos de la narrativa breve. No formulan una poética dogmática; se contradicen
con todo gusto. Están compuestos por doce puntos para eludir la absurda per-
fección del diez. Desearían ser, en suma, una manera lúdica de abordar el ensayo.
    Los dos dodecálogos previos figuran en el libro *Alumbramiento*. Otros apén-
dices teóricos acerca del cuento pueden consultarse en *El que espera* y *El último
minuto*. Gracias por la curiosidad.

TERCER DODECÁLOGO DE UN CUENTISTA

I

Mucho más urgente que noquear a un lector es despertarlo.

II

El cuento no tiene esencia, apenas costumbres.

III

Hay dos tipos de cuento: los que ya saben la historia y los que la van buscando.

IV

La extrema libertad de un libro de cuentos radica en la posibilidad de empezar de cero en cada pieza. Exigirle unidad sería ponerle un candado al laboratorio.

V

La quietud como arte de la inminencia.

VI

La voz decide el acontecimiento, más que viceversa.

VII

Al cuento lo persigue su estructura. Por eso, cada cierto tiempo, agradece que la dinamiten.

VIII

Un relato absolutamente redondo atrapa al lector, no lo deja salir. En realidad tampoco le permite entrar.

IX

Todo cuento es oral en primer o segundo grado.

X

Mientras el cuentista perpetra simetrías, sus personajes lo perdonan con sus imperfecciones.

XI

Tentación efectista del final abierto: interrumpirlo en un momento demasiado brillante, clausurarlo en su apertura.

XII

Toda historia que termina a tiempo empieza de otra manera.

DODECÁLOGO CUARTO:
EL CUENTO POSMODERNO

I

Cualquier forma breve podría ser un cuento, siempre que logre crear sensación de ficción.

II

Ausencia de punto de fuga: la frontera entre el relato de ayer y el de mañana.

III

La resolución del argumento y el final del texto mantienen un invisible tira y afloja. Si se impone lo primero, la estructura tiende a Poe. Si se impone lo segundo, tiende a Chéjov. Si se queda en empate, ahí hay algo nuevo.

IV

Desordenar el orden cuenta más que ordenar el desorden.

V

La ausencia de grandes personajes engendra al Gran Personaje: el yo que va narrándose.

VI

Con el paso de los cuentos, la omnisciencia deserta.

VII

Nos hemos puesto tan hiperhibridantes, que pasado mañana haremos una revolución purista.

VIII

La dispersión como trama. El cruce casual de ramas como árbol.

IX

El narrador elevado a argumento.

X

El presente absoluto como única Historia: la narrativa breve del *reset.*

XI

Del cuento con sorpresa al cuento con duda.

XII

Hay cuentos que merecerían terminar en punto y coma;

DEDICATORIAS

Apéndice para curiosos, a Miguel Ángel Muñoz. *Bésame, Platón*, a Ana María Shua. *Breve alegato contra el naturalismo postal*, a Jorge Fondebrider. *Conversación en los urinarios*, a Fernando Iwasaki y Rafa Espejo. *Después de Elena*, a Elena Medel. *El fusilado*, a Elsa Drucaroff. *El infierno de Sor Juana*, a Paola Tinoco. *Estar descalzo*, a Leopoldo Brizuela. *Hacerse el muerto*, a Ana Pellicer. *Juan, José*, a Jesús Ortega y Miguel Ángel Arcas. *Las cosas que no hacemos*, a Esperanza Serrano Sequiel. *Madre atrás*, a Silvina Friera. *Madre música*, a Álvaro Salvador y Pepa Merlo. *Monólogo de la mirona*, a Loreto Villarroel. *Monólogo del aduanero*, a Clara Obligado y Juan Carlos Méndez Guédez. *Policial cubista*, a Paul Viejo. *Fin y principio del léxico*, a Eloy Tizón. *Teoría de las cuerdas*, a Agustín Fernández Mallo. *Fahrenheit.com*, a Diego Erlan. *Una rama más alta*, a Marcelo Figueras. *Vidas instantáneas*, a Fernando Valls y Gemma Pellicer. El libro entero, siempre, para mi madre. Ella me cuenta.

Granada / Buenos Aires,
2004-2011

Hacerse el muerto,
de Andrés Neuman,
se terminó de revivir
en mayo de 2024